AIX-LES-BAINS

MARLIOZ

ET LEURS ENVIRONS

LE JURA

LA SAVOIE, LE DAUPHINÉ

LA

SUISSE ET LE MONT-BLANC

HOTELS, CASINOS, CERCLES

ET

ÉTABLISSEMENTS DIVERS

Publicité des **GUIDES JOANNE**.
Exercice 1885-1886.

TYPE 1

AIX-LES-BAINS

(SAVOIE)

La ville d'Aix remonte à une haute antiquité et s'appelait autrefois *Aquæ Gratianæ*, du nom de l'empereur Gratien. Située presque au bord du lac du Bourget, dans une belle et large vallée entourée de hautes montagnes, cette élégante et prospère station thermale, avec ses nombreux et riches hôtels, n'a rien à envier à aucune autre localité.

Les sources thermales et sulfureuses, aussi anciennement connues que la ville à laquelle elles ont donné son nom, y attirent chaque année une foule de baigneurs. Plus de vingt mille voyageurs s'y donnent rendez-vous de toutes les parties du globe et en font le centre de leurs excursions. Aussi les fêtes et les concerts de jour et de nuit se succèdent-ils au Casino et à la Villa des Fleurs, où les célébrités artistiques de passage se font entendre tour à tour pendant toute la saison.

On peut visiter à AIX-LES-BAINS : l'**Arc romain** tout près de l'établissement thermal ; c'est un monument votif, élevé à sa famille par Lucius Pompeius Campanus, riche patricien romain ; — le **Temple de Diane**, à quelques pas de là, enfoui au tiers de sa hauteur, dans le jardin du presbytère ; — le **Vieux Château**, appartenant autrefois au marquis d'Aix-Sommariva, dans lequel on a établi l'hôtel

AIX-LES-BAINS (SUITE)

de Ville, la Poste et autres services publics. L'escalier, d'une architecture Renaissance, est remarquable; — le **Musée** qui contient une collection d'antiquités lacustres, provenant du lac du Bourget, et d'objets romains, trouvés en faisant des fouilles pour construire des maisons; — le **Parc public**, à côté du château, et la **Promenade du Gigot**, située à la jonction des routes de Genève et du lac du Bourget.

Les environs d'Aix sont riches en promenades et en intéressantes excursions; citons le *Lac du Bourget*, à 20 minutes de la ville; la *Grotte de Raphaël*, pèlerinage obligé des admirateurs de Lamartine; la colline de *Tresserve* et ses beaux châtaigniers; les châteaux de *Bompart* et de *Bordeau*, situés sur les rives opposées du lac; *Marlioz* et ses trois sources sulfureuses débitant 10,000 litres par 24 heures; la *Cascade de Grésy* et les *Gorges du Sierroz*; la *Dent du Chat* et le *Reward* d'où l'on découvre les principaux sommets des Alpes dauphinoises et la chaîne du Mont-Blanc, la *Chambotte* dominant à pic le lac du Bourget.

On se rend de Paris à Aix par Mâcon, Ambérieu et Culoz, en 10 heures 39 minutes;

De Turin en 6 heures;

De Genève et de Grenoble en 3 heures;

D'Aix à Annecy en 1 heure et demie;

D'Aix à Chambéry en 20 minutes.

Les deux sources sulfurées chaudes, l'une dite de *soufre*, l'autre d'*alun*, bien que l'alun proprement dit en soit absent, contiennent: gaz : hydrogène sulfuré, azote, acide carbonique; sels :

AIX-LES-BAINS (SUITE)

chaux, magnésie, soude, alumine, chlore, fer, silice ; barégine abondante.

Débit : 4,812,480 litres en 24 heures.

Température : 47° c.

Eau d'une limpidité parfaite, d'une odeur d'œufs très prononcée ; peu riche en principes minéralisateurs (49 centigrammes de principes fixes par litre), sulfureuses (monosulfhydriquées), carbonatées calcaires.

Usage en bains, douches, vapeur, pulvérisation, boisson.

Les eaux d'Aix-les-Bains sont conseillées contre les rhumatismes, les névralgies, les maladies atoniques de la peau, les accidents traumatiques, tels que : fausses ankyloses, rétractions tendineuses, atrophies musculaires, névroses, caries, trajets fistuleux, etc., l'arthritisme, la syphilis, la scrofule.

La chute naturelle de l'eau, sa température élevée, la multiplicité, l'amplitude des douches, font que les bains d'Aix occupent le premier rang pour les applications d'hydrothérapie thermale. A l'excellente organisation des douches de vapeur et des douches d'eau minérale, s'ajoute la supériorité d'un service thermal des mieux compris. Salles d'inhalation, de humage, douches pharyngiennes, nasales, oculaires, etc., rien n'a été omis de ce qui constitue un outillage balnéaire complet.

Stimuler les fonctions de la peau et des muqueuses,

AIX-LES-BAINS (SUITE)

réveiller la circulation, tels sont les effets de la médication d'Aix, médication qui résulte d'un ensemble de moyens employés comme adjuvants de l'action thermominérale et qui sont : la pression et la percussion hydriques, le massage, l'emmaillotage, la sudation plus ou moins prolongée au lit, etc. Assurément, les eaux d'Aix, malgré leur faible minéralisation, ont des vertus intrinsèques indéniables et qui se révèlent chez les personnes qui se bornent à prendre des bains ; mais il faut reconnaître que le *modus faciendi*, l'artifice de l'emploi, ajoutent beaucoup à leur action naturelle. Le massage surtout constitue à Aix, dans bien des cas, sinon la base tout au moins une partie essentielle du traitement ; il vient s'ajouter à la douche qui est une sorte de massage par l'eau. Cette douche, exercée sur les articulations ou sur les masses musculaires, précipite la circulation et active les combustions organiques. Les eaux d'Aix sont administrées avec tant d'habileté, sous toutes les formes, qu'elles réussissent dans beaucoup de maladies qui avaient résisté aux autres médications et qui paraissaient n'offrir aucune chance de guérison.

L'établissement thermal, propriété de l'État, considérablement agrandi en 1881, comprend : 56 cabinets de douches, 41 cabinets de bains, 11 vaporaria, 6 piscines, 6 cabinets de douches de vapeur locales dites Berthollet, 2 salles d'inhalation et 3 salles de pulvérisation.

Type 1 — 1*.

CERCLE D'AIX-LES-BAINS

(SAVOIE)

11 heures de Paris, 4 heures de Lyon
12 h. de Marseille, 3 h. de Genève, 7 h. de Turin

Situé au centre de la ville, à proximité de tous les grands hôtels, près de la Gare, du Jardin public, de l'Établissement thermal de la Poste et du Télégraphe. — Ce cercle fondé en 1824, et dont les récents agrandissements ont fait un des plus magnifiques établissements de ce genre existant dans les stations balnéaires, offre à ses abonnés et à ses visiteurs tous les divertissements qu'ils peuvent désirer.

CONCERTS SYMPHONIQUES

TROIS FOIS PAR SEMAINE

Donnés par un Orchestre de soixante Musiciens

Dirigé par M. COLONNE, des concerts du Châtelet

DEUX FOIS PAR JOUR, Concerts dans les Jardins

Donnés par la musique d'harmonie composée de 40 musiciens
et dirigée par M. OLIVIERI

**Trois fois par semaine, représentations d'Opéras-comiques
Français et d'Opéras Italiens.**

DANS LE THEATRE NOUVELLEMENT CONSTRUIT DU CERCLE

Les mardis à 7 h. 1|2 du soir

Grande Fête de nuit avec la Musique militaire

ILLUMINATION DES JARDINS. — FEUX D'ARTIFICE

Grand Bal dans la Salle des Fêtes

Bals d'enfants. — Théâtre des Marionnettes. — Salles de lecture. — Salons de musique, de conversation. — Salles de billards et jeux divers. — Café-Restaurant, glacier napolitain. — **Service** télégraphique; quatre dépêches par jour.

(Présentation obligatoire)

Le Cercle ouvre du 1er Mai au 31 octobre

POUR TOUS RENSEIGNEMENTS

S'adresser à Aix-les-Bains à M. V. HENRY, Directeur.

STATION THERMALE

ALLEVARD-LES-BAINS

(ISÈRE)

GRAND HOTEL

LOUVRE & PLANTA

Établissement de premier ordre

OMNIBUS EN GARE DE GONCELIN

MÊME MAISON

LYON

GRAND HOTEL DE L'UNIVERS

CHALLES-LES-EAUX
(SAVOIE)
Eau minérale sulfureuse forte, Bicarbonatée, Sodique, Iodurée et Bromurée

La plus riche de toutes les eaux sulfureuses connues; *se transporte sans altérations*.

ÉTABLISSEMENT THERMAL

CHATEAU-HOTEL   ETABL.T THERMAL   CASINO   HOTEL D'ANGLETERRE

CASINO. — THÉATRE. — CONCERTS. — FÊTES.
Salons. — Cercle. — Grand Parc.

Château de Challes & Hôtel d'Angleterre

Maison de 1er ordre, avec grands parcs. — Vue splendide sur les Alpes. — Tramways de Chambéry à Challes en 20 minutes.

CHAMONIX

Hôtel de l'Union et des Clubs-Alpins

Mᵐᵉ DEVOUASSOUX, propriétaire.

Excellente maison de premier ordre, recommandée aux touristes, située au centre de la ville et en face du Mont-Blanc. — Bains dans l'hôtel. — Salons de conversation et de musique. — Fumoir, terrasse. — Table d'hôte à 1 heure, à 5 heures et demie et à 7 heures et demie. — **Prix modérés.** — Galerie-Véranda avec vue merveilleuse sur le Mont-Blanc.

HOTEL-PENSION DU MONTANVERT

A LA MER DE GLACE

Tenu par les guides TAIRRAZ et BOZON

50 Chambres meublées à neuf. — Salons. — **Table d'hôte.** — **Restaurant à la carte.** — Provisions pour les courses. — Confortable et tous soins possibles. — Poste et télégraphe à l'hôtel même. — **Arrivée facile en un jour,** de Genève et de Martigny. — Panorama unique.

HOTEL DE LA POSTE

En face du MONT-BLANC et des GLACIERS

Belle vue sur toute la Vallée. — Hôtel simple et sans apparence, mais propre et bien tenu. — Bons lits. — Bonne table. — Prix modérés. — Chambres 1 fr. 50 à 2 fr. 50. — Service, 50 cent. — Table d'hôte, 3 fr., sans vin.

SIMOND, V. Ambroise, ancien guide.

NOTA. — Les Ateliers de Sculpture sur bois, de M. SIMOND Fils, sont situés dans l'hôtel. — On y trouve tous les objets en bois sculpté, **boîtes à musique,** photographies, albums, articles de voyage, chaussures pour la montagne, etc., etc., à des prix convenables.

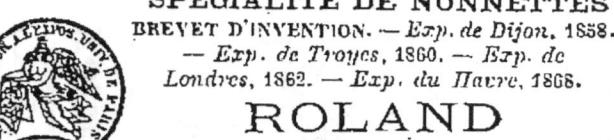

ÉTABLISSEMENT THERMAL
D'URIAGE
(ISÈRE)

EAUX SULFUREUSES ET SALINES PURGATIVES

Saison du 15 Mai au 15 Octobre

Stations de Grenoble et de Gières. — Service spécial de voitures,
à tous les trains.

Vue de l'établissement Thermal d'Uriage.

Fortifiantes et dépuratives, ces eaux conviennent surtout aux *personnes délicates* et aux *enfants faibles, même scrofuleux*.

Leur efficacité est démontrée contre les *maladies cutanées*, le *rhumatisme* et la *syphilis*.

BAINS, DOUCHES, PULVÉRISATION, INHALATION, HYDROTHÉRAPIE, etc. — Hôtels confortables. — Appartements pour familles. — Villas et Chalets. — Télégraphe toute l'année. — CASINO. — Musique dans le parc.

L'eau d'Uriage est employée avec avantage à domicile, en boisson, lotions et pulvérisation.

LA
SUISSE
ET LE
MONT BLANC

Établissements divers

CLASSÉS DANS

L'ORDRE ALPHABÉTIQUE

DES LOCALITÉS

HOTEL DE LA MÉTROPOLE

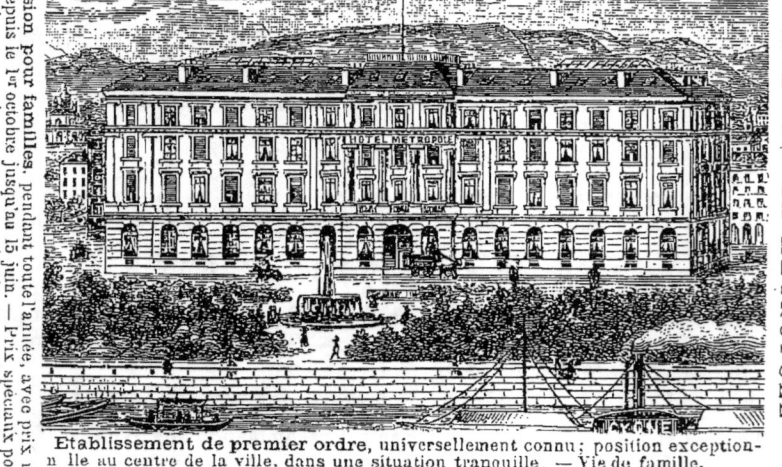

GENÈVE
HOTEL DE LA MÉTROPOLE

Pension pour familles, pendant toute l'année, avec prix réduits depuis le 1er octobre jusqu'au 15 juin. — Prix spéciaux pour les familles et pour les voyageurs qui séjournent dans l'hôtel, au moins 3 ou 4 jours.

Ascenseur hydraulique, système Edoux, avec ses nouveaux appareils de sécurité.

Etablissement de premier ordre, universellement connu; position exceptionnelle au centre de la ville, dans une situation tranquille. — Vie de famille.

William GREULING, Directeur.

GENÈVE

A. GOLAY-LERESCHE ET FILS

Fabricant d'Horlogerie, de Bijouterie et de Joaillerie. — Vaste magasin complètement assorti en articles de goût et d'excellente fabrication.

Quai des Bergues, 31. — *Même maison à Paris, rue de la Paix, 2.*

GENÈVE ET SON LAC

GLION-SUR-MONTREUX

HOTEL VICTORIA

MULLER, Propriétaire.

OUCHY (près Lausanne)

HOTEL BEAU-RIVAGE

Bureau de Poste et de Télégraphe dans l'Hôtel. — Terrasse magnifique, Splendides vues du Lac et des Alpes. — Concerts tous les soirs dans le parc de Beau-Rivage et soirées dansantes tous les mardis et samedis dans les grands salons de l'hôtel. — Arrangements pour les familles qui désirent faire un séjour pendant la saison d'été. — Pension d'hiver à prix exceptionnel. — **A. MARTIN-RUFENACHT, directeur.**

GENÈVE ET SON LAC

LAUSANNE

ALTITUDE : 500 MÈTRES

30,000 âmes; pittoresquement située à 100 mètres au-dessus du lac Léman Vue splendide, bon air et bonnes eaux potables. — Etablissements publics et particuliers de premier ordre pour l'instruction et l'éducation de la jeunesse. Pensionnats renommés, Académie, Ecole d'ingénieurs civils. — Promenades magnifiques, Théâtre, Concerts. — Pension depuis 5 fr. par jour dans les meilleurs hôtels. — Pension d'étrangers.

Bureau de renseignements : Grand Chêne, n° 3.

HOTEL GIBBON

Tenu par le propriétaire, RITTER-ROCHAT

Vaste Etablissement de premier ordre, très renommé pour son confort, son agencement général et sa situation exceptionnelle. — Vue très étendue sur tout le lac Léman et les Alpes. — Belle terrasse ombragée et grand jardin attenant à l'hôtel. — Point central pour les excursions.

HOTEL DU GRAND-PONT

Place Saint-François. — F. et L. KAMM, propriétaires.

Situé sur la plus belle place de la ville, en face de la Poste et du Télégraphe, à proximité des Promenades et de la Gare. — Belle vue sur le Jura. — Téléphone dans l'hôtel. — Prix modérés. GRAND CAFÉ, AVEC CHOIX DES PRINCIPAUX JOURNAUX

HOTEL DU NORD

Rue Saint-Pierre, 19, **près des Promenades et au centre de la ville.** — Maison spécialement recommandée aux familles, touristes et négociants qui veulent être bien sans payer trop cher. — Grand café. — Restaurant au rez-de-chaussée. — Choix de journaux. — *Du Belvédère de l'Hôtel on jouit d'un panorama aussi grandiose qu'***au Signal.**

Omnibus à tous les trains.

Type 1. — 2*.

GENÈVE ET SON LAC (**LAC LÉMAN**)

MONTREUX
ET LE FOND DU LAC DE GENÈVE
MAISONS SPÉCIALEMENT RECOMMANDÉES

Hôtels et Pensions	Stations du ch. de fer	Stations de bateaux	Propriétaires
Hôtel des Alpes	Territet	Territet	M. A. Chessex
Hôtel Breuer	Montreux	Montreux	M. Breuer
Hôtel et grande pension Vautier	»	»	Mme Vautier
Hôtel Beau-Rivage	»	»	M. F. Spickner
Hôtel du Cygne	»	»	M. A. Emery
Hôtel-pension Lorius	»	»	Mlle Lorius et Co
Hôtel Monney	»	»	MM. Monney
Hôtel National	»	»	M. Faucherre-Vautier
Hôtel Roy	Clarens	Clarens	M. X. Roy
Hôtel Suisse	Montreux	Montreux	M. Schoty
Hôtel des Crêtes (gare)	Clarens	Clarens	Mme Hort
Hôtel Roth	»	»	M. Roth
Hôtel Beau-Séjour au Lac.	Montreux	Montreux	Mme Langbein
Hôtel-Pension Kerterer	»	»	M. Ketterer
Pension Belle-Vue	»	»	M. A. Favre
Hôtel-Pension du Châtelard	Clarens	Clarens	M. Marmier
Pension Masson	Veytaux	Territet	M. Rolli-Masson
Pension Pilivet	Montreux	Montreux	M. E. Pilivet
Hôtel d'Angleterre	Territet	Territet	M. Portsch
Pension Beau-Site	Clarens	Clarens	M. Cousin
Pension Bel-Air	Montreux	Montreux	Mme Heim
Hôtel-Pension Biensis	»	»	Mme Dubois-Vautier
Hôtels Bonivard	Veytaux	Territet	M. Boand
Pension Clarentzia	Clarens	Clarens	M. H. Terrin
Pension Mooser	Montreux	Montreux	M. A. Mooser
Hôtel-Pension de Paris	»	»	M. L. Moynat
Hôtel Victoria	»	»	Mme Buret
Pension Vismand	»	»	M. Betschen
Pension Verte-Rive	Clarens	Clarens	M. Schaffner
Pension Bon-Accueil	Montreux	Montreux	Mme Journet
Pension Bon-Port	Territet	Territet	Dr Lussy
Hôtel-Pension Mounoud	Veytaux	Territet	M. Boand
Pension Richelieu	Clarens	Clarens	M. Mayor
Pension Germann	»	»	M. H. Germann
Pension Moser	»	»	M. Moser
Pension Ruchti, Villa Rosa	Territet	Territet	M. Ruchti
Hôtel-Pension de Montreux	Montreux	Montreux	M. Tanner et Comp.

ENVIRONS DE MONTREUX

LES AVANTS (*Altit.* : 1000 *m.*) Grand Hôtel des Avants   MM. Dufour frères
VILLENEUVE Hôtel Byron   M. Armleder
VILLARS-S.-OLLON (*Alt.* 1275 *m.*) Hôtel du G.-Muveran   M. Petter-Genillard
            Hôtel-pension Bellevue   M. Genillard-Soutter
            Pension des Chalets   M. G. Breuer
AIGLE, Grand Hôtel des Bains   MM. Chessex et Emery
GLYON (*Alt.* 700 *m.*) Hôtel du Righi Vaudois   M. A. Heimberg
            Hôtel Victoria   Mlle Müller
MONT-FLEURY (*Alt.* : 540 *m.*) Hôtel Mont-Fleury   M. A. Chessex
CHAILLY. — Pension Mury   M. Mury

MONTREUX

HOTEL DU CYGNE

L'Hôtel du Cygne se trouve à proximité de la gare et du débarcadère des bateaux à vapeur. — Vastes jardins et terrasses. — Vue splendide sur le lac et les Alpes. — Arrangements pour séjour et prix réduits pour l'hiver.

A. EMERY, propriétaire.

Il y a entre l'Hôtel du Cygne de Montreux et les Hôtels DES ALPES *et* MONTFLEURY *à Territet, ainsi qu'entre ces trois hôtels et le* GRAND HOTEL D'AIGLE *(voir page 32),* un ÉCHANGE DE REPAS *qui donne de grandes facilités, pour les excursions, aux personnes qui résident dans l'un de ces quatre établissements.*

GENÈVE ET SON LAC

VEVEY

LAC LÉMAN

Altitude 385 mètres. — Température moyenne 11° c.

La plus charmante ville de la Suisse est, sans contredit, *Vevey*. Coquettement assise sur les derniers gradins des Alpes, au bord du lac Léman, en face du panorama le plus grandiose, elle laisse des souvenirs ineffaçables, et qui l'a vue une fois veut la revoir encore. Renommée, à juste titre, pour sa salubrité, — *car c'est la ville de la Suisse où la mortalité est la plus faible,* — Vevey, l'ancien Vibiscum, attirait déjà, sous la domination romaine, de nombreux hôtes par la douceur et l'égalité de son climat.

Elle possède des *établissements d'instruction publique et privée, jouissant d'une réputation incontestée,* fréquentés chaque année par un nombre considérable d'élèves de toutes les parties du globe. *Toutes les confessions y possèdent des lieux consacrés à leur culte,* de manière à satisfaire tous les besoins religieux de la façon la plus large.

Les promenades les plus variées et les mieux entretenues s'offrent de tous côtés aux amateurs de la belle nature et des courses. Desservi par les *nombreux bateaux à vapeur qui sillonnent le lac* en tous sens, ainsi que par les trains des chemins de fer de la Suisse occidentale, Vevey est en communication directe et facile avec tous les grands centres de l'Europe, et *possède des hôtels et des pensions dont la réputation n'est plus à faire.*

Un nouveau service DIRECT de bateaux à vapeur vient d'être créé entre *Vevey* et *Évian-les-Bains,* permettant de prendre les eaux d'Évian tout en séjournant à Vevey.

Cures de petit lait et de raisins, suivant la saison.

Billets directs de Paris, chemin de fer Paris-Lyon-Méditerranée, en 13 *heures.* — Deux express en été, un en hiver.

GRINDELWALD

HOTEL ET PENSION DE L'OURS

Tenu par Jean BOSS

ÉTABLISSEMENT DES PLUS CONFORTABLES

Dans la plus belle situation, en face des glaciers.

Vue de l'Hôtel de l'OURS et des Montagnes voisines, à Grindelwald.

JURA BERNOIS

MACOLIN

SUISSE

UNE LIEUE AU-DESSUS DE BIENNE, AU PIED DU CHASSERAL.

900 mètres d'altitude.

STATION CLIMATÉRIQUE DE **MACOLIN**, PRÈS BIENNE

STATION CLIMATÉRIQUE DE **MACOLIN**, PRÈS BIENNE

STATION CLIMATÉRIQUE

Forêts de pins. Cure de petit lait et lait de chèvre. — Assortiment de toutes les eaux minérales. — Bains et douches. — Panorama des Alpes, du Mont-Blanc jusqu'au Säntis. — Vaste parc, Magnifiques promenades. — Bureau de poste et de télégraphe. — Gaz. — Voiture à la gare de Bienne.

Le Propriétaire : Albert WÆLLY.

HOTEL ET PENSION BELLEVUE
A NEUHAUSEN.

La porte d'entrée de l'hôtel est juste en face de la porte de sortie de la gare du chemin de fer.

Toutes les personnes qui arrivent à Neuhausen sont invitées à passer par les jardins de l'hôtel Bellevue pour descendre. à la chute qui est précisément au bas des jardins de l'hôtel.

AIX-LES-BAINS

MARLIOZ

ET LEURS ENVIRONS

A LA MÊME LIBRAIRIE

I. — GUIDES DIAMANT

FORMAT IN-32

France, par *P. Joanne* (2 cartes) . . . . 6 fr.

Dauphiné et Savoie, par *P. Joanne* (5 cartes, 2 plans, 3 panoramas) . . . . . . 6 fr.

Lyon et ses environs, par *P Joanne* (22 gravures, 1 plan 1 carte). . . . . 2 fr

Suisse, par *Ad. et P. Joann* (11 cartes). . . . . . . 6 fr.

II — GUIDES

FORMAT IN-16

Guide du voyageur en France, par *Richard* (8 plans et 2 cartes). . . . . . . 12 fr.

Jura et Alpes françaises, par *Ad. Joanne*. 1 vol. de 1088 pages (21 cartes, 4 plans, 2 panoramas). . . . . . 15 fr.

De Paris à Lyon, par *Paul Joanne* (124 gravures, 1 carte, 2 plans). . . . . 5 fr.

Itinéraire de la Suisse, par *Paul Joanne* (18 cartes, 5 plans, 7 panoramas) . . . . . 15 fr.

11851. — Imprimerie A. Lahure, rue de Fleurus, 9, à Paris.

COLLECTION JOANNE — GUIDES DIAMANT

AIX - LES - BAINS

MARLIOZ

ET LEURS ENVIRONS

PAR

Le Dr M. LEGRAND et P. JOANNE

GUIDE MÉDICAL ET PITTORESQUE

14 gravures, 2 cartes et un plan

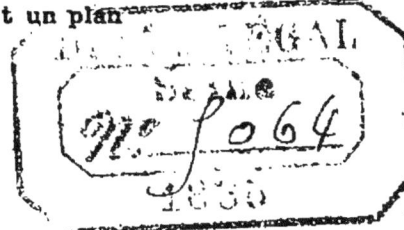

PARIS

HACHETTE ET Cie

79, BOULEVARD SAINT-GERMAIN, 79

AIX-LES-BAINS

HENRI BOLLIET

PLACE CENTRALE, 54, ET RUE DES BAINS

1885

Toutes les mentions et recommandations contenues dans le texte des Guides-Joanne sont entièrement gratuites

TABLE MÉTHODIQUE

RENSEIGNEMENTS PRATIQUES

INTRODUCTION

CHAPITRE Iᵉʳ

AIX-LES-BAINS

CHAPITRE II

MARLIOZ

CHAPITRE III

SAINT-SIMON

CHAPITRE IV

ENVIRONS D'AIX

LISTE DES GRAVURES

CARTES ET PLAN

ABRÉVIATIONS

---

alt., altit......	altitude.	haut..........	hauteur.
arr., arrond..	arrondisse-	hect..........	hectares.
	ment.	hectol........	hectolitres.
aub.........	auberge.	hôt..........	hôtel.
b............	bourg.	kil..........	kilomètres.
c., cent......	centimes, centi-	kilog.........	kilogrammes.
	mètres.	larg..........	largeur.
ch.-l. de c.....	chef-lieu de can-	long........	longueur.
	ton.	mèt..........	mètres.
com., comm...	commune.	min..........	minutes.
corr., corresp..	correspon-	N............	nord.
	dance.	O............	ouest.
dép., départ...	département	S............	sud.
dr...........	droite.	s............	siècle.
E............	est.	t. l. j.:......	tous les jours.
env..........	environ.	tonn.........	tonneaux.
fr............	franc.	V...........	ville.
g............	gauche.	v............	village.
h............	heure.	V...........	voir.
hab..........	habitants.	voit.........	voitures.
ham.........	hameau.	vol.........	volumes.

N. B. — A défaut d'indication contraire, les hauteurs sont évaluées au-dessus du niveau de la mer.

AIX-LES-BAINS

RENSEIGNEMENTS PRATIQUES

Budget. — Saison. — Voyage.

La nécessité ou la convenance d'un voyage à Aix-les-Bains étant reconnue, trois questions se présentent : 1º Combien coûtera ce voyage? 2º A quelle époque vaut-il mieux partir ? 3º Comment faut-il partir?

1º Un Parisien peut venir à Aix, y rester 21 jours (une saison), et rentrer chez soi sans avoir dépensé plus de 280 fr. tout compris : voitures, chemin de fer, logement, nourriture, traitement, honoraires du médecin et pourboires aux employés. C'est le minimum, et il ne sera obtenu qu'en se logeant et en se nourrissant dans les pensions les plus modestes.

Une somme de 350 à 400 fr. permettra l'accès des hôtels de deuxième ordre et des pensions les mieux tenues. Enfin le séjour dans les hôtels de premier ordre, le voyage en express, les honoraires plus considérables au médecin, etc., n'entraîneront pas une dépense de plus de 600 fr. Déduction faite de ce qu'on aurait dépensé en restant chez soi, ces prix sont peu élevés, et pour certaines personnes, ils constituent même une économie. Il importe de bien établir son budget avant de partir. Les Américains, les Anglais, beaucoup de Parisiens, en un mot les gens qui savent voyager, calculent tout au maximum, étant donnée la manière dont ils veulent vivre.

Les discussions qu'entraîne la comparaison des prix d'hôtel avec les prix du domicile habituel ; le marchandage à propos d'objets dont la valeur est ou paraît exagérée ; la contrariété qui résulte des petites exploitations de détail, tout cela suffirait à gâter le plaisir du voyage pour une personne bien portante. C'est encore pis s'il s'agit d'un malade, presque toujours irritable et porté à voir les choses du mauvais côté. Il faut donc prendre d'un seul coup son parti des surprises inévitables auxquelles tout voyageur est exposé.

2° L'établissement des bains est ouvert toute l'année, mais les baigneurs n'y viennent en grand nombre que du 1er juin au 30 septembre. C'est du 10 juillet à la fin d'août que l'affluence est le plus considérable.

Il semble que ce soit la température intolérable de Paris à ce moment qui en chasse les étrangers et les Parisiens. Après quelques semaines passées à Aix, ils retournent à Paris pour leurs affaires ou leurs plaisirs et, de là, ils vont faire une seconde saison de villégiature aux stations des bords de la Manche, où le vent souffle et où il fait déjà froid. A moins d'indications spéciales, c'est le contraire qu'ils devraient faire. Pendant les mois de juillet et d'août, la chaleur est très supportable au voisinage de la mer, sur les côtes de la Normandie, de la Bretagne ou de la Picardie, et c'est la meilleure époque pour prendre les bains de lames. C'est donc là qu'il faudrait aller d'abord, puis, après avoir touché barre à Paris, venir en Savoie au mois de septembre. La température y est délicieuse ; les journées ne sont pas trop chaudes, les soirées sont tièdes ; la campagne, couverte de trèfles et de sarrasins en fleurs, y est fraîche comme au printemps et plus verte que les vallées de l'Écosse.

En résumé, c'est au mois de juin, avant les grandes chaleurs, avant la foule ; ou bien au mois de septembre, après les chaleurs et la foule, que le séjour d'Aix est le plus agréable — et le moins dispendieux.

3° Sept trains de la Compagnie Paris-Lyon-Méditerranée amènent chaque jour directement les voyageurs de Paris à Aix-les-Bains.

D'abord le train direct, partant à 6 h. 30 du matin et arrivant à Aix à 10 h. 25 du soir. Durée du trajet : 15 h. 55. Prend des 3e classes. Prix : 39 fr. 40.

Ensuite le train rapide, partant de Paris à 8 h. 55 du matin, et arrivant à Aix à 8 h. 26 du soir. Durée du trajet : 11 h. 29. 1re classe. Prix : 71 fr. 65.

Le train express, partant à 11 h. 15 du matin et arrivant à Aix à minuit 9. Durée du trajet : 12 h. 54. 2e cl. Prix : 53 fr. 70.

Le train omnibus partant à 2 h. 42 du soir, et arrivant à Aix à 10 h. 25 le lendemain matin. Durée du trajet : 17 h. 17. 3e cl.

Le train rapide partant à 7 h. du soir et arrivant à 5 h. 39 du matin. Trajet en 10 h. 39. 1re cl.

Le train express partant à 7 h. 40 du soir et arrivant à 6 h. 39 du matin. Trajet en 10 h. 59. 1re cl.

Enfin le train express, partant à 8 h. 20 du soir, et arrivant à 9 h. 37 du matin. Trajet en 12 h. 17. 2e cl.

Dans les trains rapides et les express les voyageurs ne changent pas de voiture.

Les voyageurs des trains directs et omnibus sont obligés de changer de voiture à Mâcon, à Ambérieu et à Culoz.

A moins de connaître déjà le pays et d'avoir un logement retenu d'avance, il est préférable d'arriver le matin : les heures de départ sont plus commodes ; on ne perd pas, de cette façon, la partie la plus intéressante du voyage, et l'on a toute la journée pour trouver un gîte convenable. A partir d'Ambérieu, le chemin de fer traverse en effet la chaîne du Jura et permet de contempler les sites, ou grandioses ou charmants, toujours pittoresques, qui se succèdent sans interruption de Saint-Rambert-en-Bugey, à Tenay, à Rossillon, à Virieu-le-Grand et Artemare, jusqu'à Culoz.

Au delà de ce dernier point, la voie, laissant à g. la ligne de Genève, franchit le Rhône sur un pont de fer, qui est une œuvre d'art remarquable. Quand la petite station de Chindrieux est dépassée, le lac du Bourget s'offre à la vue sous un aspect vraiment merveilleux. On est placé à l'une de ses extrémités; on peut donc embrasser d'un coup d'œil ses cinq lieues d'étendue, les hautes montagnes du bord occidental, qui plongent à pic dans les eaux bleues, et les glaciers étincelants de la Maurienne, qui ferment l'horizon au midi. C'est un spectacle splendide, dont il serait regrettable de se priver.

Nous recommandons aux voyageurs de se placer, à Chindrieux, à la portière de dr. de leur compartiment. De l'autre côté, il n'y a rien à voir, la voie étant si étroitement serrée entre le lac et la montagne qu'elle est obligée de passer quatre fois, au moyen de tunnels, sous les promontoires de celle-ci.

Le Rhône, que l'on traverse entre Culoz et Chindrieux, forme la limite des départements de l'Ain et de la Savoie. Autrefois il séparait la France et la Savoie.

Arrivée à Aix.

Supposant que les personnes qui viennent pour la première fois à Aix, y sont amenées par les trains du matin, voici ce que nous leur conseillons de faire : vérifier avant de sortir de la gare si l'on a son bulletin de bagages, et le conserver avec soin; déposer ses menus bagages (sac de nuit, couverture de voyage, etc.) à la consigne et s'en aller les mains vides; on échappe ainsi aux sollicitations parfois obstinées et gênantes des maîtres et garçons d'hôtels, des conducteurs d'omnibus, en un mot de tous les *pisteurs*, pour employer l'expression consacrée. Déjeuner au buffet, ou, sans répondre à aucune question, monter dans le premier **omnibus** aperçu, et se laisser conduire à la table d'hôte de l'hôtel auquel appartient la voiture.

Après déjeuner, on se mettra en quête d'un logement et on en trouvera bientôt un comme on le désire. Toutes les maisons d'Aix et des environs, sauf un très petit nombre, reçoivent des hôtes pendant la saison des bains. On peut donc frapper hardiment à toutes les portes. Les distances ne sont pas à considérer dans une ville qui tiendrait tout entière, ou peu s'en faut, sur la place de la Concorde, à Paris, ou sur la place Bellecour, à Lyon. — On est toujours assez près de l'établissement, dont les porteurs, ainsi que nous le dirons plus loin, viennent, si besoin est, vous chercher en palanquin, et vous ramènent à domicile, pour un prix à peu près uniforme.

On peut choisir entre :

1° Les *hôtels*, dont les prix varient de 7 à 15 fr. par jour, selon l'importance de la maison, la grandeur et l'ameublement de la chambre, l'étage, le moment de la saison, etc.;

2° Les *pensions*, de 7 à 10 fr. par jour, table d'hôte matin et soir;

3° Les *maisons particulières*, 2 fr. 50 à 6 fr. par lit, plus 60 cent. de service par jour. Quelques propriétaires d'Aix donnent à manger, d'autres mettent une cuisine à la disposition de leurs locataires. Enfin, dans les maisons, peu nombreuses, où il n'existe ni cuisine commune ni cuisine particulière, on peut, si l'on ne préfère aller vivre à la pension ou à l'hôtel voisin, se faire apporter à manger chez soi, moyennant une somme de 4 à 5 fr. par jour.

En général les hôtels d'Aix ressemblent à ceux de tous les pays et ne possèdent qu'un mobilier sommaire et très simple. Les personnes qui viennent en Savoie pour leur santé ou pour leur plaisir, ne s'attendent pas y trouver tout le *capitonné* de l'appartement qu'elles quittent; on reste peu chez soi dans un pays admirable, où tout chemin est une promenade charmante. Pourvu que le lit soit bon et propre, on ne regarde pas trop au reste. Or les maisons les plus modestes sont, à Aix, d'une propreté irréprochable, et l'on y prodigue le linge blanc.

Nous donnons ci-dessous, par ordre alphabétique, les trois catégories d'habitations à l'usage des étrangers. Nous n'indiquons pas les numéros, parce que les unes et les autres sont également connues, également faciles à trouver, et parce qu'il n'existe à Aix qu'un numérotage général et qui n'est point divisé par rues. Dans une petite rue, composée de dix maisons, celles-ci peuvent porter les numéros 350 à 360 par exemple.

Voitures faisant le service de la gare.

Les voitures de louage qui stationnent à la gare du chemin de fer sont toutes considérées comme omnibus faisant le service de la gare à la ville, et de la ville à la gare.

Le prix des places de ces voitures est fixé comme il suit :

Par personne. . . . .   50 c.
Par colis au-dessus de 15 kilogr. . . . .   25 c.

Les colis au-dessous de 20 kilog. sont transportés sans frais.

Toute voiture-omnibus retenue doit marcher au plus tard après 8 min. d'attente, à compter de l'arrivée du train avec lequel elle correspond, quel que soit le nombre de voyageurs à transporter.

Les voitures-omnibus à destination déterminée s'arrêtent devant la porte de l'établissement qu'elles desservent.

Les voitures-omnibus sans destination déterminée transportent les voyageurs jusqu'au point que ceux-ci ont désigné en montant en voiture, sous la réserve toutefois que ce point se trouve en dedans des limites de l'octroi.

Dans aucune circonstance, il ne peut être exigé par les cochers un prix supérieur à ceux fixés par le tarif.

Les cochers ne peuvent exiger de pourboire.

Il doit toujours y avoir dans chaque voiture un exemplaire de l'arrêté municipal qui les régit.

Le cocher doit représenter cet arrêté à toute réquisition. Il y a constamment, dans l'intérieur des voitures de louage, un tarif indiquant le prix de l'heure.

Hôtels.

Angleterre (d'), rue des Soupirs.

Arc-Romain, place de l'Établissement.

Bains, rue du Casino et rue de Genève (hôt. garni).

Beau-Site, boulevard du Parc.

Bellevue et de l'Union, rue de Genève (hôt. garni).

Bergues (des), avenue de la Gare.

Bossut, rue des Écoles.

Broisin, rue des Bains.

Château-Durieux, chemin des Côtes.

Continental, rue de Chambéry.

Couronne, rue de Chambéry.

Damesin et Continental, rue de Chambéry.

Durand, rue de Genève.

Durieux, avenue des Côtes.

Dussuel, rue du Bain d'Henri IV.

Écu-de-Genève, rue de Genève.

Établissement-thermal (de l'), rue Victor-Amédée III.

Europe (du Globe), rue du Casino.

Exertier, rue de Genève.

Folliet, rue de Lamartine.

France, rue des Bains (hôt. garni).

Gaillard, rue de Genève.

Galerie-Normand (de la).

Garin, rue de Genève.

Genève, rue de Genève.

Germain, rue des Écoles.

Globe (Europe), rue du Casino.

Grand Hôtel d'Aix (ex-Impérial), rue du Casino.

Grand Hôtel Mottet, dans les jardins de l'hôtel de l'Europe.

Guilland et de la Poste, place Centrale.

Italie, rue de Lamartine.

Laplace, rue du Casino (hôt garni).

Mont-Blanc, rue de Chambéry.

National et de Marseille, rue du Dauphin.

New-Hôtel, rue des Soupirs, boulevard de la Gare.

Nord, de l'Univers et des Ambassadeurs, rue de Chambéry et rue du Casino.

Paix, avenue des Côtes.

Parc, rue de Chambéry.

Princes, rue de Chambéry, succursale du Grand Hôtel d'Aix.

Provence, rue de Genève.

Splendide, chemin de Mouxy.

Tony et de Paris, place du Dauphin.

Vénat et Bristol.

Victoria, rue de Genève.

Voyageurs (des), rue de Chambéry.

Pensions.

Bocquin (Gabriel), rue de Chambéry.

Bocquin (Jean-Baptiste), rue des Écoles.

Bocquin (*Michel*), rue de Cham-
  béry, tenu par Gurret.
Bossut, rue des Écoles.
Burel, rue Henri-Mürger.
Chabert, rue du Bain d'Henri IV.
Chalet des Bains, rue de Pugny.
Coulloux, rue de Genève.
Davier, rue du Temple.
Dérouge, rue Lamartine.

Folliet, rue des Écoles.
Grotte (*de la*), rue de Pugny.
Guichard (*Jean*), rue de Genèv
Héritier (*Jean-Baptiste*), rue (
  Mouxy.
Padey, fils, rue de Pugny.
Simonet, rue de Chambéry.
Veroux, rue du Temple.

Maisons particulières.

Acacias (*villa des*), boulevard de
  Pugny.
Bel-Air (*villa*), id.
Bertier, rue de Chambéry (avec
  cuisine).
Besson, rue de l'Église.
Billiet (*Chalet*), route de Marlioz.
Blanc (D'), rue de Genève.
Blanc (*Georges*), rue de Mouxy.
Blondin, rue de Lamartine.
Bocquin (*Michel*, fils), avenue de
  la Gare.
Bocquin (Pharmacien), place Cen-
  trale.
Bogey (Pâtissier), place Centrale.
Bogey (*Pierre*), rue de Genève.
Bogey (villa), route de Mar-
  lioz.
Bolliet (frères), place Centrale.
Bonfils (*Nicolas*), rue du Temple.
Bonna, rue de Chambéry.
Bonnet, rue de Genève (cuisine).
Bouton, rue des Soupirs.
Brun (*Georges*), rue de Genève.
Burdet (*Fr.*), rue de Mouxy.
Burdet (villa), boulevard de Pu-
  gny.
Carraz (*Fr.*), rue du Casino.
Cascade (villa de la), boulevard de
  Pugny.
Cazalis (D'), rue de Lamartine.

Cessens (D'), avenue du Petit
  Port.
Chaboud, place Centrale et rue
  du Casino.
Charpenel, rue des Écoles.
Chetal, rue des Soupirs.
Chiron, avenue de la Gare.
Chiron (Vve), rue de Chambéry
  (cuisine).
Cochet, dit *Berlin*, rue des Sou-
  pirs.
Cochet (*Claudius*), rue de Cham-
  béry.
Cochet (*Hyac.*), rue de Lamartine.
Cochet (Vve), rue de Genève.
Cuisin (Vve), rue des Bains.
Dardel (*Georges*), avenue des Ru-
  battes.
Davat (*Hyac.*), rue de Pugny.
De Bons, avenue du Petit-Port.
Dégallion, rue de Mouxy.
Desportes, rue de Genève.
Dobler, rue des Soupirs.
Doménget (Vve), place Centrale.
Domenget (*Ernest*), place du
  Dauphin (cuisine).
Dronchat, place du Dauphin
  (cuisine).
Durand, rue des Bains.
Duvernay, place Centrale.
Duvernay, rue de Genève.

Eaux (villa des), route de Tres-serve.

Exertier, rue de Mouxy.

Favre (Vve), rue de Genève.

Folliet, rue des Écoles.

Fontenelle, rue des Soupirs.

Forestier (D**r**), place Centrale.

Forestier (Vve), place de l'Hô-tel-de-Ville.

Gaillard (Dlles), rue des Bains.

Gillet, place Centrale.

Grobert, rue des Soupirs.

Gruffard, place Centrale.

Guichard, place de l'Établisse-ment.

Guichard (*Élisa*), rue des Écoles.

Guichard (*Pierre*), rue de Genève.

Guichard-Chiron (Vve), rue de Genève.

Isaline (villa), route du Parc.

Jarrier, rue de Lamartine.

Joséphine (villa), boulevard de Pugny.

Kosters, rue des Bains.

Lubini, chemin des Côtes (cui-sine).

Marie-Louise (villa), boulevard de Pugny.

Mathiez, rue de Genève (cui-sine).

Mermey (*Michel*), rue de Genève.

Monachon, rue du Temple.

Monnard, rue de l'Église.

Mont-Fleuri (villa), boulevard de Pugny.

Moulard, rue du Temple.

Nicoulaud, boulevard de Pugny

Normant, place Centrale.

Ombry (Vve), rue des Bains.

Perret, rue de Genève.

Pichon (pharmacien), place de l'Établissement.

Pichoud   de Genève.

Piquet, rue des Bains.

Poncet, place de l'Église.

Rebaudet, rue des Bains.

Renaud (*Camille*), rue du Tem-ple.

Renaud, rue du Temple.

Rivollier, rue des Bains.

Rouph de Varicourt, rue de Mouxy.

Saint-Paul (villa), rue de Mouxy.

Tochon (villa), route de Tresserve.

Tournier (Vve), rue des Soupirs.

Vallier, rue de Genève.

Vidal (Vve), rue de Genève.

Vidal, rue des Écoles.

Yvroux, Thomas et Thérèse, place des Bains-Romains.

Aux environs de la ville, on trouvera des chambres, des appartements, des chalets ou des maisons à louer :

Dans le *parc de Marlioz*, soit au château, soit au cha-let-restaurant, soit à la métairie. Résidence salubre et charmante. Toutes les demi-heures, des omnibus font le trajet entre Aix et Marlioz, et sont à la disposition gratuite des locataires ;

A *Tresserve*, soit sur la hauteur, en vue du lac, soit au pied de la colline, du côté de la vallée : *villa Gonin villa des Lilas*, etc. ;

A *Saint-Simon*, chez *Mermey*, restaurateur, au *Re
dez-vous des Chasseurs*; chez M. *Caillet*, propriétaire
la source alcaline magnésienne, dite de Saint-Simon ;

A l'E. de la ville, sur le chemin des Massonnats, bel
propriété de M. *François*, maison et parc, chevaux et v
tures de maître, etc.

Restaurants.

Cercle d'Aix (pour les abonnés seulement).

Chalet de Marlioz.

Café du Commerce, rue de Genève.

Damesin (*Vve*), rue de Chambéry.

Café Dardel, place Centrale.

Café Favre, rue de Genève.

Gurret, rue de Chambéry et ru du Casino.

Café de Paris, rue de Genève.

Simonet, rue de Chambéry.

Établissement thermal d'Aix.

Règlement.

Nous extrayons du Règlement les articles qui peuven
intéresser le lecteur :

Un directeur est chargé, sous l'autorité du Ministre du commerce
et sous la surveillance du Préfet de la Savoie, de la direction de
l'établissement thermal.

Le directeur prend les mesures nécessaires pour que chaque
médecin puisse visiter librement ses malades, si ces derniers le
désirent, soit dans leurs cabinets de bain, soit dans toute autre
salle où les eaux leur sont administrées.

Au commencement de chaque saison thermale, il est ouvert au
bureau de l'administration un registre spécial d'inscription divisé
en caselles correspondant aux numéros des différents cabinets de
douches et de bains.

L'employé mentionne dans chaque caselle les heures consacrées
aux bains et douches dans le cabinet correspondant, avec l'indication
des heures qui ont été retenues et de celles qui sont encore disponibles. Le registre est communiqué aux baigneurs, qui sont appelés à choisir parmi les heures et les cabinets encore disponibles.
L'employé inscrit leur nom dans la caselle correspondant au cabinet de douche ou de bain et à l'heure par eux choisie.

Pendant le service à heure fixe, la durée de la douche ne peut excéder 20 min., et la durée du bain 1 h. 15, y compris l'entrée et la sortie.

Les heures sont réglées sur l'horloge de l'établissement. Les surveillants annoncent le commencement et la fin de chaque douche, et font l'appel des baigneurs d'après l'ordre de leur inscription sur le tableau affiché.

Ils veillent à ce que les personnes qui ont reçu leurs douches ou pris leurs bains sortent des cabinets, pour y faire entrer celles qui viennent après dans l'ordre du tableau.

Les baigneurs doivent arriver à l'établissement 5 min. avant l'heure qui leur est attribuée.

Si la personne appelée ne répond pas, le surveillant attend 5 min., et introduit ensuite la personne qui a le numéro suivant, ou, à défaut, toute autre personne.

Le baigneur qui n'a pas répondu à l'appel de son nom perd son tour d'inscription et n'a droit à passer qu'autant que, dans les diverses séries du service journalier et avant la fin du service, il se présente un cabinet vacant.

La même baignoire ne peut servir pour deux personnes.

Les enfants au-dessous de cinq ans sont toutefois admis avec leurs parents sans augmentation de prix pour les bains en baignoires et pour les bains dans les piscines.

Nul n'est admis à se baigner dans les piscines et ne peut entrer dans les cabinets dits *bouillons* au moment du service ordinaire, s'il est reconnu que la nature de ses infirmités est une cause de répulsion. Le médecin inspecteur sera juge des cas dont il s'agit, sauf réclamation devant le Préfet.

Les préposés aux bains, doucheurs et doucheuses, ne doivent se permettre aucun conseil vis-à-vis des malades, ni aucune observation sur le mode d'administration des eaux. Leur devoir est d'exécuter strictement les ordres qu'ils reçoivent du médecin. Toute infraction à cet égard peut entraîner leur révocation.

Sont administrés en dehors des heures du service ordinaire :

1° Les douches, bains de vapeur et étuves dont la durée doit être de plus de 20 min.;

2° Les douches qui exigent un nombre d'hommes de service plus grand que d'habitude, ou l'emploi d'appareils compliqués, ou des préparatifs longs et embarrassants ;

3° Enfin, les douches réclamées par des personnes affectées de maladies d'une nature repoussante.

Service de la gratuité.

ART. 56. — Le service de la gratuité, à l'établissement therma d'Aix-les-Bains, comprend trois catégories de baigneurs, savoir :

1° Ceux qui jouissent du droit de la gratuité complète ;

2° Ceux qui jouissent de la gratuité soit complète, soit partielle en vertu d'une autorisation spéciale ;

3° Les habitants de la ville d'Aix, admis à ne payer qu'une rétri bution affectée uniquement aux gens de service.

ART. 57. — La gratuité de la cure thermale est due aux indi gents : elle est accordée à ceux qui sont hospitalisés à Aix, en vertu d'une ordonnance du médecin attaché à l'hôpital, et à ceux qui ne le sont pas, moyennant un certificat d'indigence, accompa gné d'une prescription médicale légalisée par le Maire de la com mune où réside le malade. Cette catégorie de baigneurs n'est astreinte à aucune taxe, pas même à celle du linge chaud fourni par l'établissement.

ART. 58. — En dehors des indigents proprement dits, la gratuité complète n'est de droit pour personne ; elle ne peut être accordée qu'à titre exceptionnel, par une autorisation particulière du Ministre du commerce.

ART. 59. — Toutefois, conformément à l'usage en vigueur, la gratuité complète, moins la taxe du linge fourni par l'établissement, est maintenue aux médecins, mais à leur personne seule, et non à leur famille.

ART. 60. — La gratuité partielle, autrement dit le demi-droit, est accordée exclusivement par le Ministre du commerce, sur la pré sentation d'une prescription médicale, aux personnes qui, sans être dans l'indigence, n'ont pour vivre que des ressources restreintes et pour qui l'acquittement du tarif plein serait une charge trop lourde.

ART. 61. — Le demi-droit n'exempte pas de la taxe obligatoire du linge fourni par l'établissement.

ART. 62. — Les habitants de la ville d'Aix continueront à jouir de la gratuité des eaux, à la charge par eux d'acquitter la rétribu tion usitée pour les gens du service et celle du linge.

ART. 63. — Les personnes qui jouissent du demi-droit peuvent prendre les bains et douches à l'heure et au lieu qui leur convien dront, en se conformant aux dispositions générales d'ordre qui con cernent tous les baigneurs.

Il est fait exception pour les grandes douches du Soubassement et de l'annexe Sud, dont les personnes jouissant du demi-droit ne pourront user qu'en vertu d'une autorisation spéciale accordée par le Ministre.

ART. 64. — Le droit, pour les habitants d'Aix, à l'usage gratuit des eaux, peut être restreint, quant au local, lorsque les besoins du service payant l'exigeront.

Cependant ils pourront à-toute époque être admis dans toutes les parties de l'établissement en payant le demi-droit.

ART. 65. — Le service des indigents aura lieu à des heures déterminées et dans certaines parties de l'établissement qui y seront particulièrement affectées, sauf pour des cas exceptionnels.

ART. 66. — Les personnes non indigentes, autorisées par le Ministre à jouir de la gratuité complète, pourront, comme les baigneurs payants, prendre leurs bains et douches à l'heure et dans le local à leur convenance, en se conformant aux conditions concernant l'ordre et l'inscription, avec cette restriction qu'au moment de l'affluence des baigneurs, du 1er juillet au 1er septembre, elles ne seront admises à prendre leurs bains et douches qu'avant 6 et après 10 h. du matin, et que même elles pourront être exclues des grandes douches du Soubassement et de l'annexe Sud.

ART. 67. — Les personnes admises à la gratuité complète ou partielle, à un titre quelconque, devront justifier de ce titre auprès du directeur de l'établissement, qui leur remettra un certificat qu'elles présenteront au distributeur pour en obtenir les cartes de douches, bains, etc., auxquelles elles ont droit.

Tarif.

Approuvé par M. le Ministre du commerce le 26 avril 1882.

	Droit plein.	Demi-droit.
Douches du soubassement et Annexe-Sud. .	2 50	1 25
Bouillon seul	1 50	» 75
Douches de l'Annexe avec bain	3 »	1 50
Douches des Princes : vieux, neufs ; douche neuve.	1 50	» »
Douche à colonne	2 »	1 »
Douches moyennes : centre, enfer, verticale, vaporarium	1 »	» »
Douches Berthollet { après 6 h. du matin .	1 50	» 75
{ avant 6 h.　　—	1 »	» 50

	Droit de plein.	Dr
Douches en cercle, en lame, locales, pharyngiennes, humage	1 »	»
Inhalation.	1 »	»
Douches ascendantes.	» 50	»
Bains de pieds.	» 50	»
Bains réfrigérés en baignoires avec ou sans la douche pulvérisée — après 6 h. du matin .	2 »	1
— avant 6 h. . .	1 50	»
Bains ordinaires — après 6 h. du matin . .	1 50	»
— avant 6 h. . .	1 »	»
Piscines, grandes et petites — hommes . .	1 50	» 7
— femmes. . .	1 25	» 7
Piscines ovale et carrée des Albertins . . .	» 50	» 2
Piscine de famille. — L'heure.	10	
Visite des Grottes — jours ordinaires . . .	»	5
— jours d'illuminations.	1	
Portage simple	»	6
— double	1	'

Les portages au delà d'un rayon déterminé sont l'obje d'un tarif spécial calculé selon la distance.

Supplément de linge. . . . .   50 c

Sécheurs et sécheuses.

Quand le médecin a indiqué celle de ces douches qui doit être prise, il faut aller à l'établissement ou y envoyer le domestique de la maison dans laquelle on est logé, et se faire inscrire. Le bureau est situé à g., au-dessus du grand escalier qui fait face à la porte principale de l'établissement. Il est ouvert de 9 à 10 h. du matin et de 2 h. à 5 h. du soir. L'heure la plus commode pour la douche est 7 h. du matin. Elle n'oblige pas à se lever trop tôt; elle laisse le temps de se reposer ensuite, et de s'habiller à loisir pour le déjeuner, qui a lieu à 10 h.

Une fois en possession des cachets, on n'a plus qu'à prévenir le sécheur ou la sécheuse du jour et de l'heure où l'on ira à la douche.

Les sécheurs et les sécheuses sont des domestiques qui pendant la saison sont attachés dans chaque maison au service exclusif des baigneurs. Ils se chargent de réveiller ceux-ci, de les accompagner aux douches, d'emporter le linge et les couvertures dont on a besoin, de rapporter les vêtements et de préparer le lit. Ils restent à la disposition des baigneurs tout le temps que ceux-ci sont couchés après la douche, ils leur donnent à boire, et les essuient quand ils transpirent, — d'où le nom de *sécheurs*. — Les malades, emmaillotés, sont incapables de se servir eux-mêmes.

Les personnes qui ne se font pas rapporter doivent aussi être accompagnées du sécheur, l'établissement ne fournissant pas de linge pour le service des douches.

Ce sont encore les sécheurs qui se chargent d'apporter, matin et soir, de l'eau thermale aux baigneurs qui en ont besoin, soit pour boisson, soit pour bains de pieds, soit pour tout autre usage.

Le sécheur et la sécheuse (ordinairement le mari et la femme), attachés à la même maison, sont payés à raison de 60 cent. par jour et par baigneur; cette rémunération est comptée dans le prix de location sous le nom de *service*. Toutefois il est d'usage, en partant, de leur donner ce que dans le pays on appelle *des étrennes;* le chiffre en sera proportionnel aux services rendus, à la durée du séjour, à la fortune du baigneur, etc. Nous conseillons aux personnes qui viennent à Aix pour la première fois de se renseigner, pour les étrennes ou *tringelts* à donner aux sécheurs, doucheurs et porteurs, auprès de leur médecin.

Depuis l'année 1882, les employés de l'établissement se sont constitués en société de prévoyance et ont fondé une caisse de pensions de retraite pour la vieillesse. Qu'il no soit permis de recommander aux malades et aux étrang cette œuvre éminemment moralisatrice; jamais libéralit ne seront mieux placées.

Pour les honoraires du médecin, nous ne pouvons, le conçoit, qu'indiquer un minimum, tant la question complexe. On ne doit, dans aucun cas, sous peine d'in gnité, offrir au médecin dont on a reçu les avis et les soi pendant un séjour aux eaux, une somme inférieure dixième de la dépense totale nécessitée par ce séjou c'est le moins.

Établissement de Marlioz.

Bain d'eau minérale pure équivalant à un bain d'eau minérale d'Aix, additionnée de 15 bouteilles d'eau de Challes.....................	fr. 2	
Bain mitigé (moitié eau minérale).............	1	
Bain d'eau douce...... ....:	1	
Bain de siège (eau minérale pure)............,	1	
Douche pharyngienne.........................	1	5
Douche en pluie et jets divers (eau froide)......	1	
id. pour injections (eau minérale pure).... .	1	
id. ascendante	»	5
Salles d'inhalation (ouvertes, le matin, de 7 h. à 11 h.; le soir, de 1 h. à 5 h.)	1	5
Abonnement à la buvette (entrée du parc comprise).................	5	
Prix d'entrée du parc pour les personnes faisant le trajet à pied ou dans les voitures étrangères à l'établissement.........................	»	3

Aux personnes suivant un traitement à Marlioz et désiran faire le trajet à pied, il sera remis une carte d'entré permanente.

N. B. — L'entrée est libre le matin pour les personnes à pied suivant un traitement; elle est libre depuis 5 h.

du soir pour les voitures et les piétons allant directement au chalet-restaurant.

Bains dans le lac.

Les personnes qui voudront se baigner dans le lac du
Bourget ne pourront le faire que munies d'un caleçon de
bain ou d'un autre vêtement. Il est défendu de se baigner
dans les ports d'embarcation, ainsi que dans les lieux où
stationnent des bateaux, et à moins de 200 mèt. de distance de toute habitation et de toute embarcation amarrée.

Casinos.

Le Cercle.

Le Cercle est ouvert du 1ᵉʳ mai à la fin d'octobre ; on
y est admis aux conditions suivantes :

Une personne........	40 fr.
Mari et femme...........................	65
Père ou mère avec un enfant au-dessous de douze ans..,....................... ...	65
Père et mère avec un enfant non marié........	85
Une famille composée du père, de la mère et de plusieurs enfants non mariés..........	100
Enfants au-dessous de douze ans......	5
Entrée pour un jour et par personne........	3

Villa des Fleurs.

Abonnement pour la saison :

Une personne........................	40 fr.
Deux personnes....................	70
Chaque personne en plus de la même famille..	20

Abonnement de 15 jours, 2 fr. par jour, l'abonnement
devant être de 10 jours au moins.

Entrée par personne et par jour, 3 fr. Cette entrée, q
donne droit aux représentations théâtrales, est valab
pour toute la journée.

L'administration se réserve le droit de suspendre l
abonnements pour les représentations extraordinaires.

Médecins.

La nourriture et le logement assurés, il faut aller voi
le médecin à qui l'on a été adressé, si toutefois on n'a
pas commencé par là. Nous donnons, par ordre alphabé
tique, les noms de MM. les docteurs qui résident à Aix, la
plupart pendant l'été seulement :

Berlier (père), rue de l'Église, de........ midi à 3 h.
Blanc, rue de Genève, de . ...   1 à 3
Bolliet, place Centrale, de... . ... 1 à 4
Brachet, rue de Chambéry, de............   1 à 3
Cazalis, rue de Lamartine, de.......... .   1 à 3
Cessens, avenue du Petit-Port, de.. ... .. 1 à 3
Chaboud, place Centrale, de............   1 à 3
Davat, rue des Bains, de............... 1 h.1/2 à 5
Demeaux, rue des Soupirs, de..........   1 à 4
Folliet, rue des Écoles, de..............   1 à 3
Gaston, avenue de Tresserves............
Guilland (fils), boulevard du Parc, de...... 1 à 3
Humbert, rue de Genève, de............   1 à 3
Legrand (Maximin), rue du Temple, de...   1 à 3
Macé, avenue de la Gare, de......... ...   1 à 3
Monnard, rue de l'Église, de.. ....   1 à 4
M^rRoë, place du Revard, de... .... :.. . 2 à 4
Petit, rue de Chambéry, de..............   2 à 4
Puistienne, rue du Bain d'Henri IV, de.. . 1 à 3
Stanley Rendall, rue de Genève.........
Vidal, place des Bains, de... ....   1 à 4
Wakefield, place Centrale... ....

Dentiste.

Harwooa, rue de Chambéry.

Pharmaciens.

MM. *Bocquin*, place Centrale.
Bouveyron, rue de Genève.
Folliet, place de l'Établissement.

Sages-femmes.

Mmes *Gandet*, rue de l'Ancien-Cimetière.
Varcin, rue de Mouxy.

Garde-malades.

Mmes Vve *Chetal*, rue du Temple.
Mariette Fenoux, rue de Mouxy.
Vve *Rey*, rue des Écoles.
Vve *Vuillermet*, rue de Mouxy.

N. B. — Pour les garde-malades, demander des renseignements au Docteur, au maître-d'hôtel ou au logeur.

Services religieux.

Il existe à Aix une église catholique, un temple protestant, construit en 1869 par la Société anglicane, rue du Temple, et un Asile évangélique (1877), dans le Parc.

Poste et télégraphe.

Les bureaux, situés dans l'ancien château d'Aix, au rez-de-chaussée, sont ouverts de 7 h. 1/2 du matin à 7 h. du soir pour la poste, et de 7 h. 1/2 du matin à 11 h. du soir pour le télégraphe. — Les courriers des lignes de Paris et de Lyon sont distribués en ville entre 8 h. et 10 h. du matin; celui d'Italie, entre 5 h. et 7 h. du soir. Le

courrier de Suisse est distribué en même temps que celu
de Paris. — Les départs pour Paris et la direction d
Paris ont lieu à 4 h. et à 8 h. du soir.

Librairie, abonnement de lecture.

M. *Bolliet (Antoine)*, successeur de Henri Bolliet, plac
    Centrale, 54, et rue des Bains, librairie anglo-françaisc
Mlle *Bolliet (Marie)*, place Centrale, 58.
Mme *Brasseur* (à la gare ; journaux français et étrangers)
Mlle *Robert*, rue de Chambéry.

Papeterie

M. *Léotard*, rue de Chambéry.

Bibliothèque (non publique).

A la mairie.

Bibliothèque choisie.

Au presbytère, à côté de l'église.

Salons de lecture.

Revues, journaux français et étrangers, aux Casinos.

Articles de fantaisie.

MM. *Bolliet (Antoine)*, place Centrale, 54, et rue des Bains.
    Bruel, place Centrale et rue des Bains.
    Durand, rue des Bains.
    Ronzière, rue du Casino.

Dépôt de gaze de Chambéry.

M. *Mermet*, place Centrale.

Tissus de poils de lapins de St-Innocent.

MM. *Cavaillon*, place Centrale.
    Janin, rue des Bains.
    Mermet, place Centrale.
    Tramu, place Centrale.

Banques d'escompte et de recouvrement.

Succursale de la caisse commerciale de Chambéry, rue des Bains. — Succursale du Crédit lyonnais, rue des Bains. — Succursale de la maison *Domenge et Monestès*, de Chambéry, rue des Bains.

Agents d'affaires.

MM. *Dardel*, avenue du Petit-Port.
    Basin, rue de l'Église.
    Brunet, rue de la Dent-du-Chat.

Leçons de musique.

Les artistes du Cercle et de la villa des Fleurs.
Mme *Thomas*, place Centrale.
Mlle *Tocanier*, place Centrale.

Tir à la carabine et au pistolet, artificier.

M. *Colombert*, avenue des Rubattes.

Tir national, à l'arme de guerre.

Avenue du Grand-Port.

Tir aux pigeons.

Un tir aux pigeons est organisé, en été, à Saint-Simon, sur le côté g. de la route de Grésy. Des omnibus font le service entre Aix (place Centrale) et l'emplacement du tir.

Hippodrome.

Le champ de courses, ouvert en 1884, est situé sur la

route d'Aix à Chambéry, en face de Marlioz. Il y a deux séries de courses chaque année : au commencement de juillet et à la fin d'août.

Portefaix, crocheteurs.

Les crocheteurs sont responsables des effets confiés à leurs soins. Ils doivent scrupuleusement les transporter dans les maisons ou hôtels qui leur seront indiqués.

Les crocheteurs doivent porter d'une manière ostensible une plaque indiquant leur emploi.

Tout acte d'impolitesse est sévèrement défendu.

Il est défendu à tout crocheteur en état d'ivresse d'exercer son emploi.

Le prix des transports est fixé comme suit pour le périmètre de l'octroi jusqu'à la gare, et vice-versâ ; les crocheteurs ne peuvent, en aucun cas, exiger davantage : par colis au-dessus de 25 kilog., 60 c. ; par colis au-dessous de 25 kilog., 20 c.

Les crocheteurs doivent exhiber, à toute réquisition des agents de l'autorité ou des personnes qui voudront les employer : 1° l'autorisation d'exercer qui leur aura été délivrée par le Maire ; 2° un exemplaire du présent arrêté.

Chemins de fer.

Tous les jours, plusieurs trains partent d'Aix dans direction de l'Italie, de la Suisse, de Lyon, de Mâcon, de Paris et d'Annecy. — Deux lignes conduisent à Genève : l'une, par Culoz, Seyssel et Bellegarde ; l'autre, par Annecy et la Roche.

Il est délivré à la gare des billets d'aller et retour à prix réduits, valables pendant deux jours, pour Chambéry, Annecy, Lyon, etc. Les voyageurs porteurs de ces billets ne sont pas admis dans les trains express.

Chevaux, voitures et chars.

Les principaux hôtels font stationner devant la gare, à l'arrivée de tous les trains, des omnibus ou des voitures qui portent leurs noms. Les uns et les autres peuvent être mis à la disposition des étrangers pour des promenades ou des excursions. On trouve également des voitures à volonté sur les divers lieux de stationnement de la ville.

Les principaux loueurs de voitures font des locations à la semaine, à la quinzaine ou au mois. Se renseigner auprès des concierges des hôtels ou des maisons particulières.

Chevaux de selle, à prix débattus.

Nous extrayons de l'arrêté de police relatif aux voitures les articles qu'il importe de connaître :

Chaque cocher devra toujours être porteur :

1° D'un exemplaire du présent arrêté, qu'il communiquera aux voyageurs sur leur demande ;

2° De son permis de conduire.

Les cochers devront, autant que possible, faciliter l'entrée des voyageurs dans leurs voitures, ainsi que leur descente.

Ils auront soin d'ouvrir et de fermer les portières.

Toute impolitesse, tout acte de grossièreté de la part des cochers envers le public seront sévèrement réprimés.

Il est défendu aux cochers :

1° De lutter de vitesse entre eux, de faire galoper leurs chevaux, de les frapper avec le manche de leur fouet, et de les maltraiter d'aucune manière ;

2° De laver leur voiture, soit sur les places de stationnement, soit sur un autre point de la voie publique, après 6 h. du matin ;

3° De quitter leurs voitures lorsqu'elles attendent à la porte des particuliers ou à l'entrée d'un établissement public ;

4° De fumer lorsqu'il y a des voyageurs dans leurs voitures ;

5° D'offrir, par paroles ou par gestes, leurs voitures au public, de racoler les passants, de parcourir la voie publique au pas, ou de faire exécuter à leur voiture un va-et-vient continuel, dans le but de faire comprendre qu'ils sont à la disposition du public, tous actes constituant la maraude, qui leur est formellement interdite.

Ils seront tenus de marcher à toute réquisition, quel que soit le rang que leur voiture occupe sur la station.

Tarif pour le territoire du canton d'Aix.

Courses en ville pour tout le rayon de l'octroi :

Pour 1 ou 2 personnes, la course. . . . . . 1 fr.
Pour 3 ou 4 personnes, la course. . . . . . 2 fr.

Aucun voiturier ou cocher ne pourra être contraint de marcher pour un des points du canton d'Aix hors du rayon de l'octroi, qu'autant qu'il sera pris à l'heure.

Lorsqu'un voyageur demandera à être transporté hors du canton, le prix de cette course devra être réglé de gré à gré, et, à défaut du règlement préalable entre le voyageur et le cocher, la course sera payée à l'heure.

Pour tout le canton d'Aix, comprenant les communes d'Aix, Brison-Saint-Innocent, Drumettaz, Clarafond, Grésy-sur-Aix, Méry, Montcel, Mouxy, Pugny, Chatenod, Saint-Offenge-Dessous, Saint-Offenge-Dessus, Tresserve, Trévignin, le Viviers, Voglans, et les hameaux qui dépendent de ces communes, le tarif des prix à l'heure, pour les courses des voitures de louage, est fixé comme il suit :

Voiture à 2 chevaux, l'heure . . . . . . 4 fr.
Voiture à 1 cheval, l'heure. . . . . . . 3 fr.

Dans le cas où les personnes transportées ne reviendraient pas à Aix avec la même voiture, il sera payé pour le retour une somme égale à celle qui sera due pour le temps employé jusqu'au point où la voiture sera laissée, sans que cependant le prix total puisse être inférieur au prix d'une heure.

Après 10 h. du soir, les prix seront augmentés de moitié.

Si un cocher, retenu pour aller chercher quelqu'un à domicile ou dans un lieu public, est renvoyé sans y être employé, il recevra à titre d'indemnité de déplacement :

Pour une voiture à un cheval . . . . . . 2 fr. »
Pour une voiture à deux chevaux. . . . . 2 fr. 50

Lorsqu'un cocher aura été retenu pour aller charger à domicile et marcher à l'heure, le prix de l'heure lui sera dû à partir de son arrivée à la porte des voyageurs.

Le prix de la première heure sera toujours dû intégralement, lors même que le voyageur n'aura pas employé l'heure entière. A compter de la deuxième heure inclusivement, le prix à payer sera calculé suivant le temps pendant lequel la voiture aura été occupée, et par fraction de demi-heure.

Les cochers seront tenus de faire marcher leurs chevaux à raison de 8 kil. au moins à l'heure, sur tous les points du canton, à l'exception de Mouxy, Trévignin, Pugny et Tresserve, où la vitesse minimum sera réduite à 5 kil.

A défaut de conventions contraires, ce tarif sera applicable aux voitures de remise.

Anes.

On se sert beaucoup à Aix de ces animaux modestes et patients pour les promenades aux environs. Ils stationnent rue de Genève, près de l'avenue du Gigot. Voici les principales dispositions contenues dans le règlement de police auquel sont soumis leurs propriétaires :

Chaque ane mis en location devra être solidement harnaché, de manière à présenter toutes les conditions de sécurité, de commodité et de propreté convenables.

L'emploi d'ânes vicieux ou atteints d'infirmités est interdit.

Tout acte d'impolitesse, toute grossièreté de la part des âniers envers le public seront sévèrement réprimés.

Nul ne pourra conduire en état d'ivresse.

Les pères, maris et maîtres sont responsables du fait de leurs enfants, femmes et domestiques.

Chaque âne portera sur le frontal de sa bride un numéro de police qui devra toujours être apparent.

Chaque loueur ou conducteur devra toujours porter avec lui :

1° Un exemplaire du présent arrêté, qu'il sera tenu de communiquer aux personnes qui l'exigeront ;

2° L'autorisation de conduire.

Il est expressément défendu aux conducteurs de faire trotter ou galoper leurs ânes dans la ville, de gêner la circulation sur les trottoirs ou dans les rues en se réunissant en groupes, et de troubler la tranquillité publique par des cris, des rixes ou disputes.

Ils s'abstiendront de faire claquer leurs fouets ou de les agiter de manière à atteindre les passants.

Dans l'intérieur de la ville, ils devront se tenir constamment en tête de leur monture, et ne pourront, sous aucun prétexte, l'abandonner sur la voie publique.

Les ânes affectés au service des promeneurs ne devront pas stationner dans les rues. Ils seront tous attachés dans un lieu désigné par l'autorité locale, et n'en sortiront que pour faire une course ou pour être reconduits à l'écurie.

Les loueurs ou conducteurs devront marcher à toute réquisit
quel que soit le rang qu'occupent les ânes à la station.

Le tarif des courses à ânes est fixé comme suit :

1° A l'heure (chaque heure indifféremment). 1
2° A la demi-journée 4
3° A la journée. 7

Toute heure commencée sera payée intégralement si elle est co
mencée depuis plus de 30 min. — Au-dessous de 30 min.
ne pourra exiger que 50 cent.

Est considérée comme une demi-journée l'occupation de la mo
ture plus de 5 h. et moins de 6. Est considérée comme journée l'o
cupation de la monture plus de 9 h. et moins de 10. Toute occ
pation de la monture en sus des laps de temps désignés comme de
journée sera payée à l'heure.

Lorsqu'un loueur ou conducteur aura été retenu pour all
prendre une personne à domicile, le prix de la course lui sera dû
partir de son arrivée à la porte du promeneur.

Lorsque le promeneur renverra sa monture après être arrivé
destination, le retour sera payé au conducteur à raison du temp
nécessaire pour se rendre du point de départ à celui d'arrivée.

Omnibus.

Pour *Saint-Simon*, 40 c. (60 c. aller et retour); —
Grésy, 60 c. (80 c. aller et retour) et les *gorges du Siéroz* :
— *Marlioz* (60 c. aller et retour).

Voitures d'excursions.

Pour le *col du Chat*, tous les jours; — la *Chambotte*
et *Cessens*, les dimanches, mercredis et vendredis; — la
grotte de Bange, les mardis et jeudis; — les *châteaux de
la Motte* et *de la Serraz*, les lundis et samedis; — *Challes*, le dimanche; — les *gorges de Saint-Saturnin*, par
Bassens et *Chambéry*, le dimanche. Prix pour chacune de
ces excursions, 5 fr. aller et retour. — Pour la *Grande-
Chartreuse*, les lundis, mercredis et vendredis; aller et
retour, 15 fr. — Pour tous les renseignements, s'adresser
au kiosque de la place du Revard.

Bateaux de promenade sur le lac du Bourget.

Les prix à payer pour l'aller et le retour sont fixés ainsi qu'il suit, quel que soit le port ou lieu d'embarquement :

Bateaux à 2 bateliers, comprenant 6 places au plus.

Pour Hautecombe. . . . . 9 fr.
— Bourdeau.. . . . . 5 fr.
— le Bourget. . . . . 8 fr.
— Brison-Saint-Innocent. . . . 5 fr.
— Bon-Port. . . . . 4 fr.
— Châtillon et Savières. . . . 14 fr.

Il est expressément défendu de dépasser le nombre de places déterminées pour chaque bateau.

Il est accordé aux promeneurs un séjour d'une heure dans les localités ci-dessus désignées, sans augmentation de prix ; tout séjour excédant la première heure sera payée à raison de 1 fr. 50 l'heure, les fractions d'heure comptées comme heures complètes.

Les courses ou promenades faites sur le lac sans but déterminé d'avance seront payées à l'heure, savoir :

Pour les bateaux à deux rameurs :

La première heure. . . . . 3 fr. »
La seconde heure. . . . . 2 fr. 50
Chaque heure suivante. . . . . 2 fr. »

Dans chaque bateau admis au service des promeneurs sera fixé un écusson, sur lequel seront inscrits :

1° Le numéro de police ;

2° Le nombre des places, qui ne pourra être supérieur à huit, non compris les bateliers ;

3° Le nom et la demeure du batelier-propriétaire ;

4° Le tarif.

Le numéro de police sera reproduit sur le bateau, à l'arrière et sur les côtés, en chiffres peints en couleur tranchant sur le fond.

Les conducteurs doivent être constamment porteurs de billets imprimés indiquant le numéro du bateau, le tarif, et portant en outre ces mots : « *Les personnes qui auraient des plaintes à faire* « *contre les conducteurs, ou à réclamer des objets laissés dans*

« *le bateau, devront s'adresser au bureau de police, à la mai-*
« *rie.* »

Le conducteur est tenu de remettre l'un de ces billets à toute
personne qui aura loué un bateau, sans qu'elle le demande et avant
l'entrée dans l'embarcation.

Les conducteurs de bateaux et les rameurs ne pourront exercer
leur profession sans une permission écrite du Maire.

Ils devront, pour l'obtenir, justifier qu'ils sont âgés de 18 ans.

Des dispenses d'âge pourront être accordées jusqu'à concurrence
de 16 ans.

Tout acte d'impolitesse, toute grossièreté de la part des conducteurs et bateliers envers le public seront sévèrement punis.

Tout conducteur de bateau devra constamment être porteur et
exhiber à toute réquisition des agents de l'autorité et des personnes
qui voudront l'employer :

1° Un exemplaire du présent arrêté;

2° La permission qui lui aura été délivrée par le Maire, conformément à l'article ci-dessus.

Il est expressément défendu aux bateliers de se réunir en
groupes sur la place ou sur le port, et de fatiguer les étrangers de
leurs obsessions.

Les propriétaires ou conducteurs de bateaux sont tenus de conduire les promeneurs à toute réquisition.

Bateaux à vapeur.

Les Parisiens (3 fr., 2 fr. 50 et 2 fr.), bateaux partant du
port de Puer (omnibus), à 1 h., et y revenant à 4 h. 1/2 :
le dimanche, grand tour du lac, avec arrêt à Hautecombe;
mardi et vendredi, Hautecombe, Bourdeau et le Bourget;
lundi et jeudi, Hautecombe, Châtillon, Bourdeau ; mercredi et samedi, Hautecombe et Chanaz, par le canal de
Savières.

Départ d'Aix pour *Lyon*, par le lac et le Rhône, à 8 h.
du matin, lundi, mercredi, vendredi. Trajet en 8 h.
Bureau, place Centrale. Prix : à la descente, 1re cl., 9 fr.,
2e cl., 5 fr.; à la montée, 5 fr. et 4 fr.

Départ de Lyon pour Aix à 5 h. du matin, mardi, jeudi,
samedi. Trajet en 13 h. Bureau, quai Saint-Clair.

INTRODUCTION

LA SAVOIE

Position. — Située entre le 45° 6' 51" et le 46° 21' 16" de latitude N., et entre le 3° 28' 40" et le 4° 43' 50" de longitude, à l'E. du méridien de Paris, la Savoie, qui forme deux départements français, est le pays le plus élevé de l'Europe. L'altitude en est comprise entre les points extrêmes de 201 mèt. (Saint-Genix-d'Aoste, au confluent du Guiers et du Rhône) et 4810 mèt. (sommet du Mont-Blanc).

Le territoire, qui mesure 133 kil. du N. au S., sur 108 de l'E. à l'O., est circonscrit naturellement par le Rhône, le lac Léman, les Alpes et le Guiers. Les limites sont, au N. : le lac Léman et le canton de Genève ; au midi, les départ. de l'Isère et des Hautes-Alpes. Le Valais, la vallée d'Aoste et le Piémont la contournent à l'orient, et elle touche à l'occident les départ. de l'Ain et de l'Isère.

Histoire. — La Savoie faisait partie de la Gaule transalpine, et appartenait à la Celtique *braccata* (portant des *braies*, par opposition à la *comata*, portant les cheveux longs).

Comprise dans l'ancienne Allobrogie dont les deux villes principales étaient Vienne et Genève, elle prit, à la fin de l'Empire romain, le nom de Sapaudia ou Sabaudia.

Ammien Marcellin, décrivant le cours du Rhône, est le premier auteur qui en fasse mention sous ce nom. Il vivait au IV° s.

Lorsque Rome, victorieuse de Carthage, maîtresse de l'Orient et de l'Espagne, intervint enfin dans la Gaule, pour protéger Marseille, les Allobroges résistèrent énergiquement aux étrangers et s'unirent aux Arvernes. Défaits une première fois par Domitius Ænobarbus, ils le furent une seconde fois par Fabius Maximus, qui obtint l'honneur du triomphe et le surnom d'Allobrogicus. Ce fut par leur pays et peut-être dans leur pays que Jules César arrêta l'invasion des Helvètes : il s'annonçait à la Gaule comme un libérateur, en attendant qu'il pût y parler en conquérant et en maître.

J. César, après la conquête, divisa la Gaule transalpine en quatre grandes régions : la Province romaine (Provence) et les Gaules Aquitaine, Celtique et Belgique.

Le pays des Allobroges fut réuni à la province.

Auguste, l'an 27 avant J.-C., se rendit à Narbonne, où il tint les États de la Gaule, et donna à la province le nom de Gaule Narbonnaise.

La Savoie en fit partie, sauf la Maurienne, annexée à la préfecture de Cottius.

En l'année 292 de notre ère, une nouvelle division de la Gaule eut lieu sous Dioclétien.

En 360, à la fin du règne de Constantin, la Savoie occidentale, soit tout l'ancien pays des Allobroges, faisait partie de la Viennoise, démembrée de la Narbonnaise.

En 379, l'empereur Gratien se rendit dans les Gaules, visita la Savoie et s'arrêta à Aix (*Aquæ Gratianæ*).

Lors du démembrement de l'Empire romain, Gundicaire, fondateur du premier royaume de Bourgogne, lui adjoignit en 413 la Savoie et les pays voisins. Ce royaume ne dura guère plus de cent ans et finit avec Gundemar. Conquise par les Francs vers 534, elle fut soumise aux rois de la première et de la deuxième race jusqu'en 888.

Malgré leurs forteresses naturelles, les habitants de la Savoie eurent à souffrir des incursions des Sarrasins, qui dévastaient la vallée du Rhône et les vallées latérales : ils en furent délivrés par Charles-Martel, Pépin le Bref et Charlemagne. Pépin le Bref et Charlemagne traversèrent plusieurs fois la Savoie pour s'acheminer, par les passages alors presque impraticables des Alpes, vers l'Italie, où ils allaient combattre les Lombards. Charles le Chauve, qui, à peine maître de la Gaule, se vit obligé d'abandonner son pouvoir et ses terres aux ducs et aux comtes, voulut néanmoins se rendre en Italie pour y chercher la couronne impériale. Il mourut en 877, à son retour, dans une misérable cabane du village d'Avrieux, près de Modane.

La Savoie passa ensuite sous la domination des rois du deuxième royaume de Bourgogne, lequel dura 144 ans. Fondé par Adolphe Welf, dans la région appelée Transjurane, il était limité au N. par les Alpes bernoises et la Reuss; à l'O., par le Doubs et la Saône; au midi, par le Rhône et la Durance; à l'E., par les Alpes, qu'il franchissait dans la vallée d'Aoste.

Le traité de 933 réunit le royaume de Provence à celui de Bourgogne, et livra au roi Rodolphe II (couronné en 921) les pays compris entre le Rhône et l'Isère. La Savoie tout entière passa dès lors sous la domination des rois Rodolphiens par l'annexion de la Savoie Propre, de l'évêché de Belley et de la Maurienne.

Rodolphe III, roi de la Bourgogne transjurane, étant sans enfant, s'associa en 1016 son neveu l'empereur d'Allemagne, Henri II. A la mort de Rodolphe, Conrad le Salique, successeur d'Henri II, hérita donc du royaume de Bourgogne, qui fut réuni à l'empire germanique. Eudes II, comte de Blois et de Champagne, autre neveu de Rodolphe III, voulut s'emparer de cet héritage, et fut favorisé dans son entreprise par Gerolds, comte de Genève, l'évêque de Maurienne et nombre de vassaux. Humbert aux Blanches-Mains, comte de Maurienne, soutint les intérêts de l'empereur et contribua à faire échouer les efforts d'Eudes. Conrad l'en récompensa en 1034 par la donation du comté de Savoie et du duché de Chablais. (Mortillet.)

A cette époque, la Savoie n'était plus qu'un district d'une toute petite étendue, correspondant peut-être à l'ancien décanat ecclésiastique, renfermé dans un circuit de 25 à 30 lieues, et soumis à l'autorité temporelle des évêques de Grenoble. Quant à Humbert, ou Hupert, c'était un comte bourguignon, conseiller, avocat ou défenseur de la reine Hermangarde, veuve du roi Rodolphe III, dit le Fainéant.

Pourquoi est-il connu sous le nom d'Humbert *aux blanches mains*? Il avait été un des fidèles de Conrad contre l'indépendance bourguignonne ; à la tête de bandes étrangères, il avait réprimé l'insurrection du peuple et des barons révoltés. Ses partisans voulurent-ils, en l'appelant ainsi, protester contre l'accusation d'avoir été vendu à la cause de l'Allemagne?

Toujours est-il que c'est à partir de ce moment que la Savoie rentre en possession de son autonomie. D'Humbert descendent les princes de Savoie, qui pendant huit siècles ont régné, d'abord sous le titre de comtes, depuis Thomas Iᵉʳ, mort en 1223, puis sous celui de ducs, conféré à Amédée VIII, en 1416, par l'empereur Sigismond, et enfin sous celui de rois, depuis Victor-Amédée Iᵉʳ, qui monta sur le trône en 1675, jusqu'à Victor-Emmanuel.

La Savoie fut incorporée à la France pendant 22 ans, de 1793 à 1815. Elle formait alors le département du Mont-Blanc et une partie de celui du Léman. Les traités de cette dernière époque la rendirent à Victor-Amédée V, dont le royaume s'accrut de l'important territoire de l'ancien duché de Gênes.

Au moment de la nouvelle annexion à la France en 1860, la Savoie représentait une des divisions militaires du royaume de Sardaigne, et se subdivisait en sept provinces : Savoie Propre, Genevois, Faucigny, Chablais, Haute-Savoie, Maurienne et Tarentaise, administrées par sept intendants qui relevaient d'un intendant général, résidant à Chambéry, avec un gouverneur commandant général de la province.

Aujourd'hui elle forme deux départements : celui de la Savoie, chef-lieu Chambéry, et celui de la Haute-Savoie, chef-lieu Annecy.

Les hommes célèbres de la Savoie sont : Claude de Seyssel, historien de Louis XII ; saint François de Salles, Bernard de Menthon, Vaugelas, Ducis, Berthollet, Joseph et Xavier de Maistre, l'abbé de Saint-Réal, Michaud, de Bullet, Lange, Costa, etc. Elle a fourni trois papes et plusieurs généraux, entre autres le général Desaix.

« La Savoie, a dit Ad. Joanne, est une contrée privilégiée : elle possède la plus haute montagne et les plus beaux glaciers de l'Europe ; ses paysages n'ont pas de rivaux en France ; elle a été immortalisée par de Saussure, par Jean-Jacques Rousseau et par Lamartine. Pourtant, si elle est aussi connue que la Suisse, elle est bien moins visitée. C'est un peu sa faute. Jusqu'à ces dernières années, Chamonix excepté, elle n'avait rien fait pour attirer et retenir les touristes. De grands progrès ont été accomplis déjà depuis l'annexion ; le mouvement est enfin donné : espérons qu'il ne s'arrêtera plus, et, en attendant les améliorations promises, constatons les efforts tentés de tous côtés pour rendre désormais dans toute la Savoie les excursions alpestres non seulement faciles mais attrayantes. Les vieilles auberges se purifient, de nouveaux hôtels se construisent, des routes s'ouvrent, des guides se forment, des patriotes dévoués et intelligents s'associent pour faire admirer aux étrangers des merveilles qu'il n'avait encore été permis à aucun œil humain de contempler. »

Victor Hugo dit de la Savoie : « Qu'elle est la grâce alpestre, » et le mot est aussi charmant qu'il est juste.

Pour nous en tenir au sujet spécial de ce livre, ajoutons qu'aucun pays au monde n'est plus richement doté sous le rapport de l'abondance et de la variété des sources thermales et minérales. On en compte une quarantaine,

dont neuf sont chaudes. Elles ne sont pas toutes ex-
ploitées.

Dans la seule vallée d'Aix, qui nous occupe particulièrement, se trouvent rassemblées, outre les eaux d'Aix, les
eaux sulfureuses, iodo-bromurées de Marlioz; les eaux al-
calines-magnésiennes et azotées de Saint-Simon; les eaux
ferrugineuses de la Bauche, de Grésy, de la Motte-Servolex; les eaux de Challes, de toutes les eaux sulfureuses
connues les plus puissantes; — à quelques heures d'Aix,
les eaux salines de Moûtiers-en-Tarentaise et les eaux pur-
gatives de Brides, etc.

Géologie. — La vallée d'Aix est formée par le terrain
néocomien, reposant sur le terrain jurassique, et recouvert par la mollasse. Toutes les montagnes environnantes
sont de calcaire compacte, appartenant à la formation des
terrains crétacés, laquelle constitue la majeure partie des
chaînes des contreforts des Alpes, sur la rive g. du Rhône,
et recouvre les couches les plus récentes du système
jurassique. Les coquilles qu'on y rencontre le plus com-
munément sont: des ammonites, des bélemnites, des échi-
nites, des térébratules, des baculites, des gryphites, etc.

Sur la montagne de Beauregard, ces débris fossiles
sont siliceux, à cassure conchoïde, et enveloppés d'une
gangue calcaire.

Le coteau de Tresserve, qui s'élève au centre de la
vallée, appartient aux étages supérieurs de la formation
tertiaire; il se compose de grès tendre ou *mollasse*. Les
grains, examinés à la loupe, semblent être de quartz
hyalin, de granit, de mica, de diabase et d'amphibole.

La plupart des cailloux qu'on rencontre dans la plaine
sont granitiques; les autres sont formés de quartz,
gneiss, syénite, diabase, amphibole, feldspath, alumine et
mica. Ils sont tous arrondis. — Leur formation et leur
descente doivent être rapportées, selon toutes probabilités,
à la dernière époque des soulèvements auxquels les Alpes

occidentales sont redevables de leur configuration actuelle, d'après le système de M. Élie de Beaumont.

Climat. — M. de Verneilh s'exprime ainsi dans la statistique générale de la France, 1807 :

« L'étonnante variété des expositions et des sites permet, dans certaines vallées, notamment à Chambéry, de faire usage pendant longtemps des fruits printaniers, dont la jouissance dans les pays de plaine n'est que momentanée ou passagère ; la fraise, par exemple, y dure près de six mois. On peut joindre les productions du printemps à celles de l'automne, et réunir sur la même table les fraises, les cerises et les raisins. »

La vigne croît jusqu'à la hauteur de 600 mèt. si l'exposition est favorable ; les châtaigniers et les noyers à 900, les cerisiers à 930, les noisetiers à 1100 ; le chêne supporte un climat plus rigoureux, il croît à 1200 mèt., et l'orme ainsi que le frêne jusqu'à 1300 mèt. — La température moyenne est de 10°.

Mœurs. — Les mœurs ont peu changé depuis que M. de Verneilh était préfet du département du Mont-Blanc.

C'est à son *Rapport*, formant un des volumes de la Statistique générale de la France, que devront recourir les lecteurs désireux de savoir comment les fonctionnaires du premier Empire jugeaient les populations savoisiennes. Les traits principaux, les habitudes caractéristiques frappent d'ailleurs les étrangers les moins observateurs, dès les premiers instants de leur séjour dans le pays. L'accueil est partout hospitalier, affable et cordial ; l'accent doucement musical ; la physionomie conserve « cet air de bonté, de candeur et de franchise qui concilia de tout temps aux Savoisiens la confiance et l'affection des étrangers. » (De Palluel.) « Presque partout, dit M. de Verneilh, les femmes de Savoie ont la poitrine large, les dents belles et bien rangées. »

Daquin avait déjà dit, dans sa Topographie médicale :
« Il est peu de pays où les femmes puissent mieux allaiter
leurs enfants. »

Les attentats à la propriété y sont rares : les habitations
rurales restent, pour ainsi dire, ouvertes à tout venant;
les terres n'ont pas de clôture, les fenêtres pas de bar-
reaux; — les attentats contre les personnes y sont plus
rares encore : l'échafaud ne s'est pas élevé une seule fois,
depuis l'annexion, dans les nouveaux départements.

Les rixes sont à peu près inconnues dans la vallée d'Aix,
et, malgré les très nombreux cabarets que fréquentent
assidûment les gens du peuple, les disputes y sont extrêmement rares.

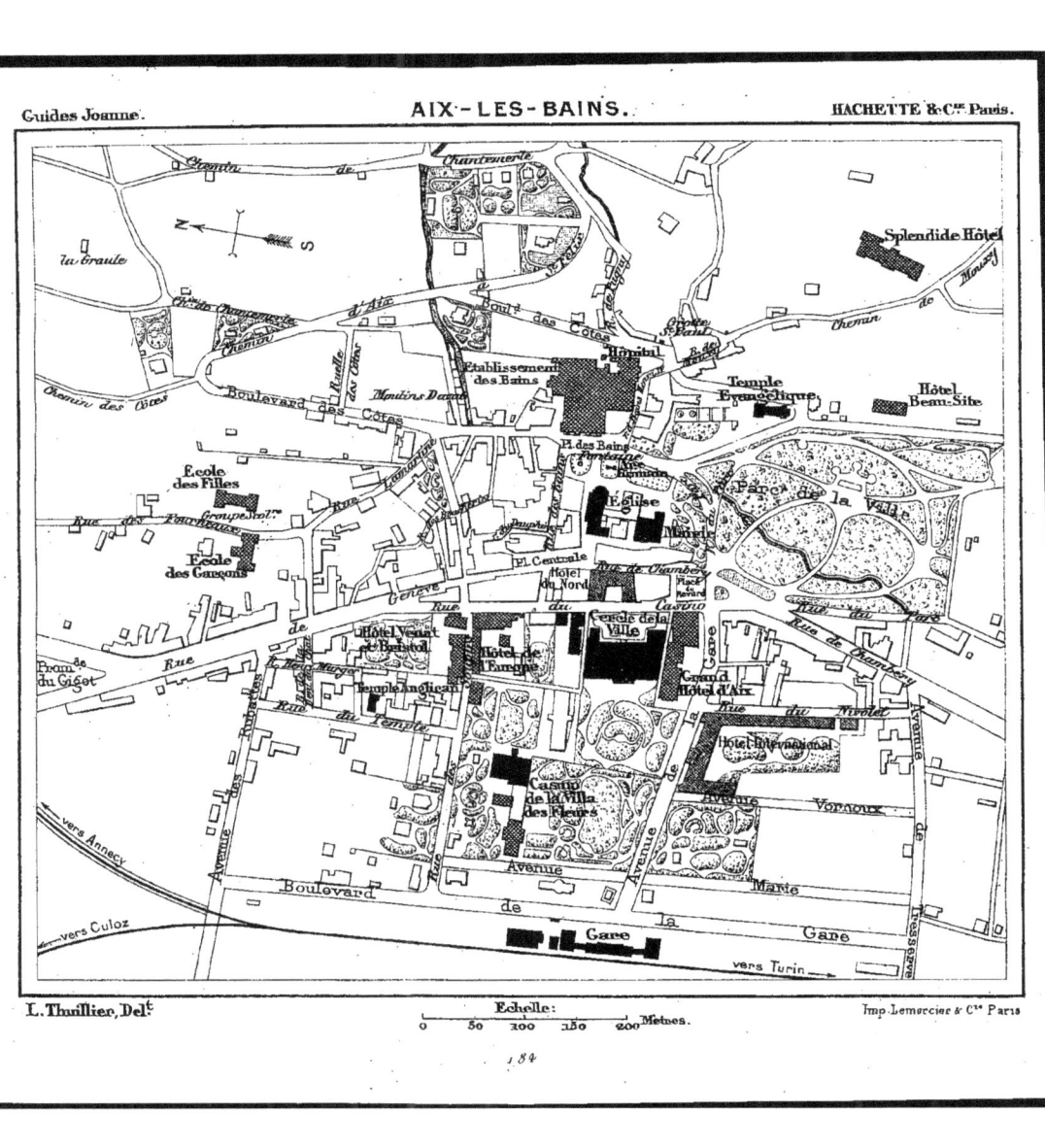

AIX-LES-BAINS

MARLIOZ

ET LEURS ENVIRONS

CHAPITRE Ier

AIX-LES-BAINS

Situation.

Aix*, V. de 4741 hab., ch.-l. de c. de l'arr. de Chambéry, est située à 258 mèt. d'altit. et à 32 mèt. au-
dessus de la rive E. du lac du Bourget, dans une
large vallée entourée de hautes montagnes. « La
première impression que l'on éprouve, dit M. Ordinaire, en entrant dans la vallée, est une profonde
admiration à la vue de ces deux majestueuses montagnes, le Nivolet et le mont du Chat, dont la position topographique, au levant et au couchant, fait
que l'une est constamment éclairée, tandis que l'autre projette des ombres gigantesques dans la plaine
ou sur le lac. Ces deux monts si imposants dominent le lac du Bourget, les riantes collines de Tresserve, de Mouxy, de Saint-Innocent, et celle sur laquelle se groupe la ville. »

La population est plus que triplée pendant la saison des eaux. Le climat y est si doux que le figuier
et le grenadier y prospèrent en pleine terre. La température moyenne est de 10 degrés. L'air y est si
pur et l'eau si bonne, que le crétinisme et le goître
proprement dit y sont rares. Le docteur Cabias as-
sure même que, en 1564, lorsque la peste étendait
ses ravages dans les pays environnants, la ville
d'Aix fut préservée du fléau, et la tradition est d'ac-
cord avec lui.

La vallée d'Aix est fermée au N. par la montagne
de Saint-Innocent, au S. par les montagnes du
Granier et de Blanchenet (le *mont Pellaz*, de la carte
de l'État-major, 1497 mèt. d'altitude), et resserrée
par deux chaînes parallèles à l'E. et à l'O. Dans la
chaîne de l'O., on distingue les montagnes d'Aiguebelette, de Bissy, de la Motte, de l'Épine, de Barbiset, du mont du Chat et de Chanaz. Les sommi-
tés principales de la chaîne de l'E. sont la Dent du
Nivolet, située au N.-E. de Chambéry, les montagnes des Ramées, du Revard et de la Cluse.

Direction.

En face de la gare, s'ouvre une large avenue
droite, l'*avenue de la Gare*, qui monte à la ville; en
bas, à dr., un café avec terrasse; un peu plus
haut, à dr., le chalet Rattazzi, et à g. les jardins
des deux Casinos, fermés de grilles; puis, à dr., la
villa Chiron et l'hôtel des Bergues; en face, quelques pas plus loin, le Grand-Hôtel. En prenant la

seconde rue à g., au bout de l'avenue, on arrive en un instant sur la *place Centrale :* hôtel de la Poste et de l'autre côté café Dardel.

Si, au lieu de s'engager dans l'avenue, on traverse obliquement à g. la place qui est devant la gare, on arrive au New-Hôtel, à l'angle de la *rue des Soupirs;* on tourne à dr., et l'on voit bientôt du même côté la Villa des Fleurs, naguère construite et habitée par M. Bias, fermier des anciens jeux, actuellement transformée en grand Casino dit Villa des Fleurs. Un peu plus haut, à g., hôtel d'Angleterre, maison Bonfils, au coin de la rue du Temple anglican ; à l'autre angle de la même rue, chalet Cochet. L'extrémité supérieure de la rue des Soupirs est bordée à g. par les murs de l'hôtel Venat et de Bristol, à dr. par ceux de l'hôtel de l'Europe.

Histoire.

Connue de toute antiquité, Aix portait sous les Romains les noms d'*Aquæ, Aquæ Allobrogum, Aquæ Domitianæ, Aquæ Gratianæ.* Une inscription, trouvée par Pingon en 1566, démontre que les habitants se nommaient *Aquenses.*

Elle disparaît momentanément de l'histoire à la chute de l'Empire. Les Barbares qui couvrirent de ruines l'ancien monde romain, les Chrétiens qui détruisirent partout les monuments du paganisme, les nombreux incendies qui, à diverses reprises, dévastèrent la ville, toutes ces causes suffisent à expliquer la disparition des thermes de Gratien et l'oubli qui les ensevelit si longtemps.

Au XIe s., la ville d'Aix est remise en lumière par un acte auquel se rattache l'origine de la maison de Savoie. Guichenon raconte que, le 5 des ides de mai de l'an 1000, à Aix, Rodolphe, roi de Bourgogne, céda à Bérold de Saxe, lieutenant général de son royaume et vice-roi d'Arles, le comté de Savoie et celui de Maurienne, en récompense de sa fidélité.

Complètement détruite dans le cours du XIIIᵉ s., par un incendie et bientôt reconstruite, elle fut érigée en baronnie par les ducs de Savoie. Au XVIᵉ s., devenue marquisat, elle vit s'élever le château, dont une partie est encore debout.

Elle faisait, au commencement de ce siècle, partie du département du Mont-Blanc.

En 1865, le château fut vendu à la ville avec le parc qui en dépend, moyennant une somme d'environ 600 000 fr., par le marquis d'Aix-Sommarivaz. Une partie des constructions a été abattue. Le parc a été remanié en 1869 pour former la promenade publique actuelle. A la même époque, les maisons qui fermaient la place de l'Établissement, au midi, ont été rasées, de façon qu'on put prolonger la promenade jusqu'à l'établissement même, d'où l'on voit maintenant la colline dite de Biollay et les montagnes du fond de la vallée.

La ville.

Sur la place de l'Établissement, plantée d'arbres, ornée de pelouses et de massifs de fleurs, s'élève **l'arc de Campanus**, monument d'ordre toscan et ionique, érigé au IIIᵉ ou au IVᵉ s. par Lucius Pompeius Campanus. Il formait autrefois l'entrée principale des anciens thermes. Sa hauteur est de 9 mèt. 16 ; sa largeur, de 6 mèt. 71 ; l'ouverture de l'arc mesure 3 mèt. 02. Ses inscriptions forment autant de dédicaces en l'honneur de la famille Pompeia. En **voici le texte**, avec la traduction française.

Arc de Campanus et établissement thermal.

Sur l'attique.

POMPEIO CAMPANO AVO A PATRE

A Pompeius Campanus, grand-père paternel

CAIÆ SECVNDIN. AVÆ A PATRE

A Caia Secondina, grand'mère paternelle

POMPEIÆ MAXIMÆ SORORI

A Pompeia Maxima, sœur

POMPEIO CAMPANO FRATRI

A Pompeius Campanus, frère

Sur l'architrave :

D. VALERIO GRATO

A Decius Valerius Gratus

CAIO AGRICOLÆ

A Caius Agricola

POMPEIÆ L. SECVNDIN. AMITÆ

A Pompeia Lucia Secundina, tante

C. POMPEIO IVSTO PATRI ET PARENTIBVS

A Caius Pompeius Justus, père, et aux parents

VOLVNTILIÆ C. SENTIÆ AVÆ AMATÆ

A Voluntilia Caia Sentia, aïeule aimée

C. SENTIO IVSTO AVO AMATO

A Caius Sentius Justus, aïeul aimé

T. CANNVTO ATTICO PERPESSO

A Tertius Cannutus Atticus Perpessus

L. POMPEIO CAMPANO CAMPANI ET SENTIÆ FIL.

A Lucius Pompeius Campanus, fils de Campanus et
de Sentia.

Sous l'architrave :

L. POMPEIVS CAMPANVS VIVVS FECIT

Lucius Pompeius Campanus, de son vivant, fit éri-
ger ce monument.

Des discussions se sont élevées sur la destination
de l'arc de Campanus. Mais il est reconnu aujour-
d'hui que c'était un tombeau. « Ce monument, a dit
Guichenon, que le vulgaire appelle un arc de triomphe parce qu'il en a la figure, n'était que le sépulcre
d'un patricien appelé Pompeius Campanus et de
toute sa famille. » La frise présente sur la face O.
huit niches (*columbaria*) qui devaient contenir, soit
des moulures en bronze ou des métopes, soit des
urnes cinéraires ou les effigies de ceux dont les inscriptions qui sont au-dessous de chaque niche font
mention. Les mots *vivus fecit*, dont se sert L. Pompeius Campanus, en se nommant après ses divers
parents, sont à eux seuls une preuve suffisante que
l'arc qu'il a élevé est un tombeau ou au moins un
cénotaphe. »

Selon la coutume des Romains, tout près des
thermes, dans le jardin du presbytère, se trouve un
temple de Diane ou de Vénus, enfoui au tiers de sa
hauteur. Il est composé de gros quartiers de pierre
superposés sans ciment, provenant de la carrière
dite des Romains, située à quelques min. au S. de
la ville. C'est le genre de construction connu sous
le nom d'*isodomos*, pour le distinguer des constructions *pélasgiques* ou cyclopéennes, formées de poly-
gones irréguliers. La largeur extérieure du temple

est de 13 mèt. 40; la largeur intérieure, entre les
deux architraves visibles des murs du pronaos, de
10 mèt. 30. La *cella* mesure 10 mèt. 70 de longueur.
Des travaux d'appropriation sont faits en ce moment dans le temple de Diane pour recevoir les
collections du musée. Les salles de celui-ci seraient
cédées à la bibliothèque, trop à l'étroit dans le local
actuel (*V.* ci-dessous).

Le *bain romain*, qui était alimenté par les sources
de Saint-Paul ou d'alun, faisait partie des thermes
antiques; il sert maintenant de cave à la pension
Chabert. Il est de forme octogone et supporté par
une centaine de piliers quadrangulaires en briques;
tout autour sont des *scalaria*, ou gradins revêtus
de marbre blanc. La plupart des larges briques employées pour cette construction portent en relief le
nom du fabricant : *Clarianus*, dont on retrouve
aussi les produits à Vienne et à Lyon. Autour des
piliers règne un corridor où circulait l'eau, et dont
le plafond est percé d'une multitude de petites che-
minées rectangulaires en terre cuite communiquant
entre elles et ayant 12 centim. sur 5 cent. d'ouverture et 1 mèt. 14 de hauteur. Celles-ci permettaient
aux vapeurs de s'élever dans la pièce supérieure,
qui pouvait servir à volonté de *vaporarium* ou de
bain d'immersion. Au vaporarium faisaient suite
trois chambres souterraines, à l'E. desquelles une
galerie voûtée servait de dégorgeoir à l'eau des
thermes. Parmi les débris gisant au milieu des trois
salles, ont été recueillis plusieurs fragments de
sculptures remarquables.

On peut voir à la pension Chabert, entre autres précieux fragments, un cadran ou *gnomon*, trouvé dans le vaporarium et creusé en forme de cône dans un bloc de travertin. Il est divisé en 12 parties égales par les lignes horaires. Ces lignes servaient pour toutes les saisons ; l'intervalle qui marquait les heures en hiver était plus court que celui qui correspondait aux heures de l'été. L'ombre du style traçait cette différence par le plus ou le moins de longueur de sa projection. Aux extrémités supérieure et inférieure de la coquille formée par la surface concave du gnomon, se trouvent deux segments de cercle qui indiquent les deux termes annuels de la route du soleil ; un troisième, placé au centre, marque la ligne de l'Équateur ou de l'équinoxe.

La maison Chabert a été habitée par Lamartine, et c'est là que se sont passées les premières scènes du livre intitulé *Raphaël*. La chambre dont la fenêtre donne sur la campagne, la treille, le jardin où Julie se réchauffait au soleil d'automne, sont toujours tels qu'ils ont été décrits par le poëte. C'est aussi dans cette maison que Lamartine fit plus tard la connaissance de Mlle B., qu'il épousa.

Les nouvelles constructions entreprises pour l'agrandissement de l'établissement moderne des bains ont amené la découverte de plusieurs *bains romains* et d'une *piscine* informe qui, d'après feu le Dr Despine, daterait d'une époque antérieure à la domination romaine.

Dans les fouilles exécutées par le Dr Despine, on

a trouvé, entre l'arc de Campanus et le temple de
Diane, un torse en marbre de Paros d'un beau travail, diverses sculptures, un chapiteau de marbre
blanc, des pilastres cannelés, plusieurs médailles
romaines. Les restes d'une statue de la Vierge
(xive s.) ont été placés dans une niche sous le porche de l'hôpital. La plupart des médailles romaines
trouvées à Aix datent des deux premiers siècles de
l'ère chrétienne.

Le vieux **château**, converti en hôtel de ville (la
mairie, la justice de paix, le commissariat de police,
la poste et le télégraphe y sont établis aussi), est
une construction du xvie s., à l'intérieur et à l'entrée de laquelle se voit un escalier de la Renaissance. Des salles renferment une bibliothèque et un
musée (fondé par M. Lepic; entrée, 1 fr.), où l'on
remarque surtout de curieuses antiquités lacustres trouvées dans le lac du Bourget.

Le **parc** ou **square**, rattaché par d'heureuses plantations à la grande place de l'Établissement thermal,
est l'ancien *jardin* (transformé) *du marquis d'Aix-
Sommariva* (charmants points de vue).

L'hospice, fondé en 1813 par la reine Hortense,
fut doté successivement par les libéralités de M. W.
Haldiman, du roi Charles-Félix, du marquis Costa
de Beauregard, de Mme Boyd et de l'empereur Napo-
léon III.

Il est indispensable pour y être admis que le malade soit muni: 1° d'un certificat d'indigence délivré par le maire de la commune qu'il habite; —
2° d'un certificat du percepteur constatant qu'il paye

moins de 10 fr. d'impositions. Toute demande d'admission doit être, quelque temps à l'avance, adressée à M. le directeur de l'hôpital.

Le **Cercle**, construit en 1848 sur les plans de M. Pellegrini, augmenté en 1879 par M. Revel, architecte du département, a été au commencement de 1882 remanié en grande partie sur les plans de M. A. Boudier. La façade est précédée d'une cour qu'une grille sépare de la rue du Casino et qui contient des orangers et des corbeilles de fleurs. Le vestibule s'ouvre dans une large galerie vitrée qui donne accès aux différents services intérieurs. En face se trouve la salle de bal; à dr., les salons de conversation, de lecture et un théâtre fort élégant mais un peu petit; à g., un hall cintré, décoré de mosaïques par Salviati et de vitraux par Ponsin, le café, le restaurant et les salles de jeu. Sur toute la façade du côté du jardin règne une véranda que l'on peut vitrer pendant le mauvais temps, et d'où l'on jouit d'une belle vue sur la colline de Tresserve et sur les montagnes de la Dent du Chat. De cette véranda, on descend par trois perrons à double rampe dans le jardin qui borde l'avenue de la Gare et qui est orné d'une pièce d'eau, d'un pavillon pour la musique militaire et d'une grotte artistement disposée.

La musique se fait entendre deux fois par jour dans la cour et le jardin; trois fois par semaine le théâtre est ouvert pour des représentations d'opéra et de comédie; les jours intercalaires un orchestre de 60 musiciens, sous la direction de M. Colonne, donne des concerts symphoniques. Le jeudi est consacré plus spécialement à la musique classique. Le mardi est réservé à une fête de nuit avec illumination du jardin et feux d'artifices suivis d'un grand bal. Un théâtre de marionnettes, des tirs à la carabine, des bals d'enfants, etc., offrent des divertissements variés aux abonnés du Cercle.

La **Villa des Fleurs** est un autre Casino qui depuis quelques années rivalise avec le premier. On y entre soit par les jardins, voisins de ceux du Cercle, sur l'avenue de la Gare, soit par la rue des Soupirs. Deux pavillons réunis par une large galerie ouverte au midi, du côté du jardin et servant de café-restaurant, renferment : l'un, une vaste salle de bal avec un théâtre dans le fond; l'autre, la salle de jeu richement décorée, la salle de lecture et des salons de conversation. Dans le jardin se trouvent : un kiosque pour la musique (concert deux fois par jour), un pavillon avec jeu de petits chevaux, un théâtre de Guignol et un terrain de Lawn-tennis. La villa offre à ses habitués de nombreuses représentations d'opéras, d'opérettes et de comédies, des bals d'enfants avec tombolas, et tous les samedis une fête de nuit avec feux d'artifices, illuminations et grand bal à la suite.

L'établissement thermal.

Cabias écrivait en 1622 qu'un des proconsuls de Jules César, nommé Domitius, fit construire à Aix les premiers bains, après la victoire qu'il remporta sur les Allobroges, l'an 628 de Rome (125 ans avant

J.-C.). Ces bains furent successivement restaurés et
embellis par les préfets de la province romaine. Il
n'en reste que bien peu de traces. On a trouvé par
hasard sous la maison Chabert une piscine de petite
dimension et quelques menus objets de ce temps-là;
mais les constructions élevées par les vainqueurs
des Gaules devaient être considérables et occuper
une grande partie de l'emplacement actuel de la
ville. L'arc de Campanus, encore debout, marquait
probablement une des entrées des Bains.

Jusqu'à ce que des fouilles ou fortuites ou voulues
aient été faites, nous ne saurons rien de positif à
cet égard, les archives du pays ayant disparu dans
les incendies qui, à diverses époques, ont détruit
entièrement la ville.

Combien de temps, après ces désastres, les sources
restèrent-elles privées d'établissement? On ne le sait
pas non plus. A la fin du siècle dernier, il n'en
existait d'aucune sorte. Des malades qui venaient à
Aix, quelques-uns se baignaient sous une voûte irré-
gulière creusée dans le roc par la nature, à la source
de soufre; la plupart se contentaient de boire l'eau
puisée au lieu d'émergence, et prenaient des bains
à domicile. Le docteur Daquin, qui publia en 1773
une *Analyse des Eaux thermales d'Aix en Savoie*,
s'élève contre cette coutume, et il engage les malades à se baigner de préférence dans les bassins
formés par les eaux à leur sortie de terre, bien
que ces bassins soient à l'air libre et que rien,
pas même une tente, ne les protège ni contre les
regards du public, ni contre la pluie ou le soleil. Un

de ces bassins portait le nom de *bain royal*, depuis
que, au rapport de Cabias, Henri IV, passant par
Aix, était descendu de cheval et s'y était baigné
avec les seigneurs de sa suite. C'est là du moins
ce qu'ont répété tous les auteurs qui ont écrit
sur les thermes d'Aix. Mais Henri IV traversait la
Savoie en 1600, à l'occasion de la prise par Sully
du fort de Montmélian, qui pendant de longs siècles avait été regardé comme une des meilleures
places de l'Europe et comme le boulevard de la
Savoie contre la France. Or en 1571, Elpidianus,
dans son livre *des Thermes*, attribue la construction
de ce bain à Charlemagne : « bain vraiment royal,
dit-il, tant par sa splendeur, par les belles galeries
qu'on y voit tout autour, que par sa belle construction en pierre de taille. »

Il fut détruit par le terrible incendie de 1739, qui
dévora toute la ville. Le bassin dans lequel se bai-
gna Henri IV était tout ce qui restait de l'ancien
bain royal de Charlemagne.

Quoi qu'il en soit, ce bassin, restauré en 1751, a
servi de bain pour les chevaux jusqu'en 1825, époque à laquelle on a construit sur son emplacement
le bain de l'Hôpital, petit bâtiment bas, en briques,
qu'on voyait à côté de la maison Chabert, et qui a
disparu en 1880.

Il serait à désirer qu'on rétablît pour les animaux
une piscine alimentée par l'eau des robinets publics
qui coule jour et nuit et dont la presque totalité se
perd sans profit pour personne.

Ce fut le roi de Sardaigne Victor-Amédée **III**

qui, de 1779 à 1783, fit élever le premier et ancien établissement, masqué de nos jours par l'établissement actuel. Il n'est en effet que masqué; la plus grande partie en a été conservée, et le pavillon N. tout entier est encore visible de l'extérieur.

Le Parlement sarde avait confié l'édification du nouvel établissement à M. Jules François, ingénieur des Mines, chargé du service des Eaux Minérales de la France, et à M. Bernard Pellegrini, architecte de la ville de Chambéry, qui déjà avait construit le Casino. Une somme de 900 000 fr. avait été votée aussi par le Parlement. Le 2 septembre 1857, le roi Victor-Emmanuel posa solennellement la première pierre; mais la somme de 900 000 fr. était insuffisante, et les travaux, au moment de l'annexion à la France en 1860, se trouvaient suspendus. Le nouveau Gouvernement déclara les thermes d'Aix établissement de l'État. Il se chargea d'achever ce qui était en voie d'exécution et de reconstruire entièrement l'hôpital fondé par la reine Hortense en 1813. Il alloua pour ces dépenses une somme de 700 000 fr. L'hôpital domine au S.-E. les nouvelles constructions de l'annexe qui a été inaugurée le 2 juillet 1881. Les travaux de cette annexe ont nécessité un crédit de 609 000 fr.; ils ont été exécutés d'après les plans de M. Revel, architecte du département de la Savoie, et les indications de M. Lévy, ingénieur des Mines.

La source, dite de soufre, sort de terre sous l'établissement même; celle d'alun, anciennement source de Saint-Paul, y est amenée par une galerie de cap-

tage qui est à la fois une œuvre d'art et une des curiosités du pays.

En 1854, sous la direction de M. Jules François, on
creusa dans le roc un tunnel horizontal long de
120 mèt., sur une hauteur de 1 mèt. 80 et une largeur de 1 mèt. 40.

A 80 mèt. de l'entrée de la galerie, un coup de
mine amena tout à coup l'écoulement d'une si grande
quantité d'eau chaude, que les ouvriers employés
au percement faillirent périr et que la ville craignit
d'être inondée. Les cavernes de Saint-Paul, qui re-
celaient l'eau d'alun, venaient d'être mises à sec.

La galerie aboutit a un puits naturel, situé per-
pendiculairement à 4 mèt. au-dessous des anciennes
cavernes, qui se remplissaient de bas en haut par
l'effet du trop-plein de ce puits. C'est ce dernier qui
donne actuellement la plus grande partie de l'eau
employée dans les douches et les piscines de l'établissement.

Cette eau est amenée au moyen d'un conduit
souterrain dans un réservoir construit au-dessus
de l'établissement et qui se remplit pendant la nuit
afin de fournir l'énorme quantité de liquide que
consomme chaque matin le service des douches. On
se fera une idée du volume d'eau exigé par ce service quand on saura que les grandes douches à deux
doucheurs consomment, dans l'espace de 12 à
15 min., jusqu'à 18 hectol. d'eau pour une seule
opération.

Depuis ce travail, la sulfuration de l'eau d'alun,
un peu supérieure à celle de l'eau de soufre, marque

4°,6 sulfhydrométriques; on conçoit que le gaz acide sulfhydrique avait le temps de s'évaporer dans la grotte où l'eau séjournait avant d'arriver à l'établissement. Il est probable que la sulfuration augmenterait encore si, d'une part, le tuyau de conduite, au lieu de recevoir l'eau à la surface du puits, comme une prise d'eau de moulin ou comme un canal d'irrigation, plongeait dans l'eau à la façon d'un siphon, et si, d'autre part, le réservoir artificiel, dans lequel s'accumule l'eau pendant la nuit, était muni de couvercles flotteurs s'opposant en partie à la déperdition du gaz minéralisateur.

Un autre résultat du percement de la galerie a été de rendre plus constante la température de l'eau d'alun. Les infiltrations des eaux pluviales, abondantes et faciles jadis, la refroidissaient parfois au point de la rendre impropre au service médical. Cette cause, encore puissante, n'agit, il faut le reconnaître, que dans des circonstances qui se produisent rarement pendant la saison des bains. Des pluies torrentielles, même sans abaissement de la température atmosphérique, peuvent refroidir notablement les deux sources, mais principalement celle de l'eau d'alun. C'est ainsi que le 9 juillet 1875 l'eau d'alun, au robinet de la buvette, ne marquait plus que 28° centigrades, au lieu de 46°, et l'eau de soufre 36°, au lieu de 45°. A cette époque, les orages et les grosses pluies étaient continuels dans toute la France, et les inondations dévastaient Toulouse.

Enfin le résultat le plus remarquable des travaux menés à bien par M. Jules François a été l'augmentation du volume d'eau d'alun. L'établissement ne recevait autrefois par 24 h. que 1 005 840 lit.; il en reçoit aujourd'hui, dans le même temps, 4 812 480 lit., ce qui donne une différence de 3 806 640 lit. par jour. Les réservoirs emmagasinent chaque nuit 1 128 000 lit.

Si dans les anciennes grottes de Saint-Paul le gaz sulfhydrique se perdait au détriment de la minéralisation de l'eau d'alun, son contact prolongé pendant des siècles avec les roches calcaires de la partie supérieure a donné lieu à des phénomènes de métamorphisme qui font de ces grottes un objet de curiosité pour les savants et les baigneurs.

Les formes bizarres qu'a revêtues la roche sous l'action du soufre et de la vapeur d'eau, les caprices étranges et fantastiques, là semblables aux retombées de voûte et aux arêtes de clochetons gothiques, ici prenant l'apparence des ossements antédiluviens et des têtes décharnées d'animaux énormes, font penser à ces palais que la légende attribuait aux esprits et aux gnomes des montagnes.

Deux fois par mois, les grottes sont éclairées *à giorno,* au moyen de nombreux becs de gaz cachés dans les anfractuosités des pierres. Les étrangers sont admis à les visiter moyennant une rétribution de 1 fr. par personne.

Les voyageurs qui ne restent que peu de jours à Aix peuvent, en s'adressant à l'établissement, obtenir la permission de les visiter tous les jours et à toute heure. Dans ce cas ils sont accompagnés par un ou deux employés portant des torches.

Nous devons les prévenir qu'en allant inopinément aux grottes, on est presque assuré de rencontrer quelques couleuvres, d'ailleurs absolument inoffensives. Elles cherchent la chaleur des sources, et il est probable que les vapeurs d'acide sulfhydrique les engourdissent, car elles se sauvent à peine au bruit des visiteurs, et se laissent prendre ou tuer sans difficulté.

L'établissement comprend

25 grandes douches à 2 doucheurs ou doucheuses ;
20 douches à un doucheur ou une doucheuse ;
41 baignoires, dont 5 dans les douches ;
2 vastes piscines de 80 mèt. cubes chacune ;
2 anciennes piscines ;
2 piscines de famille avec douches ;
2 cabinets de douches en cercle ;
2 cabinets de douches en jet et en colonne ;
2 salles d'inhalation ;
3 salles de pulvérisation ;
6 locaux destinés aux bains et douches de vapeur, dites *Berthollet ;*
3 douches locales ;
5 cabinets de vapeur (vaporarium) ;
6 cabinets de vapeur (bouillon) ;
4 bains de pieds ;
4 douches ascendantes.

On y prend par jour environ 1200 bains (baignoires et piscines), 2000 douches et 200 inhalations, soit un total de 3 400 opérations.

Le personnel de l'établissement se compose de

133 employés, y compris l'administration; il y a en outre 36 porteurs.

A la buvette et dans tous les cabinets de bains, il existe trois robinets. Au-dessus de celui de g., est inscrite la lettre S; sur celui du milieu, la lettre F; sur celui de dr., la lettre A. Ce sont les initiales des mots : *Soufre, Froide, Alun.*

Sur la place de l'Établissement, trois robinets publics et semblables aux précédents sont continuellement ouverts et permettent aux habitants, ainsi qu'aux baigneurs, d'avoir à toute heure du jour ou de la nuit autant d'eau thermale qu'ils en peuvent désirer.

Deux robinets, l'un d'eau froide, l'autre d'eau d'alun, laissent aussi couler l'eau sans cesse, à l'entrée de la rue de Mouxy. C'est là que l'eau d'alun, plus près de sa source, est le plus chaude.

L'inclinaison du sol auquel sont adossés les trois étages de l'établissement fait qu'on peut administrer, selon les indications médicales, des douches dont la pression varie proportionnellement à la hauteur des étages.

Le radier du réservoir d'eau d'alun et d'eau froide est à 12 mèt. 75 au-dessus du sol du rez-de-chaussée (soubassement); le radier du réservoir d'eau de soufre est à 4 mèt. 50 au-dessus du sol du même soubassement.

La hauteur d'eau dans le réservoir d'eau d'alun et d'eau froide est de 2 mèt. 80, et de 1 mèt. 70 dans le réservoir d'eau de soufre.

La pression des douches dites du Soubassement

est donc de 15 mèt. 55 au maximum, et l'eau de
soufre, dans la salle d'inhalation, se brise contre le
couvercle du bassin avec une force de 6 mèt. 20.

Chaque doucheur ayant à sa disposition de l'eau
chaude et de l'eau froide, et pouvant les mélanger
à son gré, dans des appareils très simples, avant de
s'en servir, il en résulte qu'il est facile de donner
les douches à la température et à la pression voulues.

Sous ce rapport, aussi bien que sous celui de
l'abondance des sources et de l'habileté des doucheurs, on peut dire que l'établissement d'Aix est
sans égal.

Mais, pour être sans égal, il ne laisse pas que de
donner prise à de légères critiques de détail. Nous
allons en consigner ici quelques-unes sous forme de
desiderata.

1º Il est regrettable que les cabinets de bains ne
soient pas munis d'un tuyau soit simple, soit terminé par une pomme d'arrosoir, qui permettrait de
se doucher à froid dans la baignoire, comme on le
fait dans la piscine.

2º On ne saurait justifier l'interdiction faite aux
médecins de pénétrer dans la piscine des dames ;
elles se baignent vêtues comme à la mer et comme
à Louëche, où elles sont, ici et là, sous les yeux du
public. D'ailleurs un article formel du règlement
cité plus haut *prescrit* au directeur de laisser librement communiquer le médecin avec ses malades où
qu'elles se trouvent.

3º L'abondance des sources rendrait facile l'aménagement d'un courant continu dans les piscines.

4° Il serait surtout extrêmement désirable qu'un bassin, alimenté par de l'eau froide courante, reçût de longs tuyaux disposés en serpentin et dans lesquels se refroidirait de quelques degrés, à l'abri du contact de l'air et sans rien perdre de ses principes, l'eau minérale destinée aux bains.

Au commencement de l'année 1881, M. l'ingénieur Lévy, tenant compte de ce desideratum depuis longtemps exprimé, a fait construire un petit réservoir spécial alimenté par l'eau d'alun. Le tuyau qui amène cette eau dans le réservoir traverse une cuvette d'eau froide courante. L'eau minérale, suffisamment refroidie par ce contact médiat, est emmagasinée dans un réservoir fermé aussi exactement que possible et où la tension de la vapeur dégagée par l'eau d'alun empêche l'air extérieur de pénétrer. L'eau est, de là, distribuée dans les quatre cabinets des bains dits, assez incorrectement, « bains réfrigérés. »

5° Les appareils à encaissement de la division Berthollet demandent deux petites modifications, faciles à réaliser et importantes. Il faudrait que le siège sur lequel sont assis les malades leur soutînt les reins. Il faudrait aussi que le trou par lequel sort la vapeur fût placé en avant des pieds et des jambes, et non en arrière comme il l'est maintenant.

6° Si des lits de repos étaient mis à la disposition des malades au sortir de ces bains par encaissement, ce serait, à coup sûr, une excellente amélioration.

7° En reculant à l'alignement intérieur des piliers

antérieurs la clôture des cabinets de douches de la division dite : les *princes neufs*, on élargirait le couloir de cette division, toujours encombré, et l'on y rendrait la circulation plus facile.

8° Les deux douches de la divison d'Enfer, l'une destinée aux femmes, l'autre aux hommes, n'ont ni vestiaire, ni antichambre d'aucune sorte. Il en résulte que les personnes qui ne se font pas emporter, sont obligées de s'habiller en dehors des cabinets de douche, en public, et de subir, à peine vêtues, un changement trop brusque de température.

9° La fontaine élevée sur la place de l'Établissement et d'où l'eau coule jour et nuit, par trois robinets, devrait offrir un abord propre et commode. C'est là qu'on va boire ou chercher de l'eau thermale quand l'établissement est fermé. Chaque robinet porterait la désignation spéciale de l'eau qu'il fournit.

10° Il serait bien à désirer qu'on obligeât les sècheurs à remporter dans des *corbeilles couvertes* les vêtements des personnes qu'ils ont accompagnées à la douche, et qu'ainsi ne fût pas étalée aux yeux du public la défroque, quelquefois ridicule pour ne rien dire de plus, de certains malades.

Revenons aux indications pratiques que nous devons fournir aux baigneurs.

Si le médecin a prescrit des bains en piscine ou des séances aux salles d'inhalation, on n'a à se préoccuper de rien. Il y a toujours de la place; on peut y aller à l'heure qu'on veut.

Pour les bains en baignoire, au commencement

et à la fin de saison, il sera facile aussi de trouver un cabinet libre.

Pour les douches, c'est autre chose.

Notons ici que les douches dites moyennes sont à un seul doucheur ou à une seule doucheuse. Les désignations de douches des Albertins, douches des Princes vieux ou des Princes neufs rappellent l'époque de leur construction successive. Les unes ont été installées sous le roi Charles-Albert, les autres sous les princes de la maison de Savoie.

Les eaux.

Elles sont classées parmi les eaux thermales, carbonatées calcaires, sulfureuses (monosulfhydriquées, du Dr Calloud).

Successivement appelées par les Romains *Aquæ Allobrogum*, *Aquæ Domitiæ*, *Aquæ Gratianæ*, elles se trouvaient alors sur un embranchement des grandes voies romaines qui traversaient les Alpes, entre Chambéry (*Lemnicum*) et Genève.

Elles émergent du terrain néocomien, groupe crétacé reposant sur le terrain jurassique et recouvert par la molasse qui forme les collines environnantes.

Limpides, incolores, onctueuses au toucher, répandant une odeur hépatique, douées d'une saveur douce, point désagréable, elles ne déterminent que très rarement des renvois nidoreux. Les canaux qui les amènent contiennent des dépôts d'une substance azotée analogue à la glairine. Lors des tremblements de terre de Lisbonne, de la Calabre, en 1783, et de la chaîne du Mont-Blanc en 1822, la source de soufre se refroidit subitement, se troubla et se couvrit d'une écume blanchâtre ; la source d'alun resta dans son état ordinaire. (Le Pileur et Adolphe Joanne.) Ce fait paraît contredire l'opinion qui attribue une origine commune aux deux sources. Elles sourdent à une distance de 80 mèt. environ l'une de l'autre.

L'une porte le nom d'eau de soufre, et l'autre d'eau d'alun. Ces désignations sont fort anciennes et remontent probablement à l'époque où l'on appelait *alun* le sulfate d'alumine, sel qu'on croyait un peu plus abondant dans cette dernière que dans l'eau de soufre. Aujourd'hui le nom d'alun ne s'applique qu'au sulfate double d'alumine et de potasse, et la source dite d'alun n'en contient pas plus que l'autre.

La température de l'eau de soufre est de 45 à 46 degrés centésimaux, indiquant une profondeur d'origine de 1000 à 1200 mèt. ; celle de l'eau d'alun est plus élevée de 1 ou 2 degrés. Toutes deux s'abaissent de plusieurs degrés après les pluies torrentielles.

Le principe sulfureux se trouve de même dans l'une et l'autre sources à l'état de gaz acide sulfhydrique libre et en quantité sensiblement égale. Toutes deux marquent 4 degrés au sulfhydromètre de Dupasquier.

A titre de curiosité, nous transcrivons la première analyse qui en fut faite jadis par le Dr Bonvoisin, membre de l'Académie des sciences de pa-

rin, pendant le séjour que la cour de Piémont fit
à Aix en 1784.

Un volume d'eau de 28 lit. pour chaque source a
donné :

	Eau de soufre.	Eau d'alun.
Alcali minéral vitriolé ou sel de Glauber......................	9 grains	6 grains
Magnésie vitriolée ou sel cathartique......................	19 —	6 —
Chaux vitriolée ou sélénite........	11 —	18 —
Sel marin à base magnésienne....	4 —	4 —
Chaux aérée ou spath calcaire.....	30 1/2 —	32 —
Fer, environ..................	1 —	2 —
Parties extractives animales......	Traces —	Traces
Chaux muriatique ou sel marin calcaire.................	0 —	12 —

Selon la remarque de Gimbernat, chaque fois que
la température de l'air descend à 10 ou 12 degrés
centigrades ou plus bas, il se forme dans les bains
de la source de soufre des flocons gélatineux, matière analogue à celle que la chimie a trouvée dans
les eaux sulfureuses des Pyrénées, principalement
à Barèges, d'où vient le nom de Barégine. C'est la
même substance que la glairine dont nous avons
déjà parlé. Elle est encore nommée glairidine, zoïo-
dine, sulfuraire, etc.

Les dernières analyses des eaux d'Aix datent de
1878. M. le Dr Garrigou, de Toulouse, et M. Willm,
qui les ont entreprises chacun de son côté, à peu
près à la même époque, sont arrivés sensiblement
aux mêmes résultats. Les analyses de M. Willm

ont été faites sur la demande et aux frais du Ministère de l'Agriculture et du Commerce ; le dosage des principes minéralisateurs a donné lieu à deux séries d'expériences : les unes sur place, portant sur les principes gazeux ou altérables ; les autres, dans le laboratoire, portant sur les principes fixes. Celles-ci ont été faites au laboratoire de M. Würtz, à la Faculté de médecine. M. Würtz a suivi en outre les expériences instituées à Aix même. Nous empruntons au travail de M. le Dʳ Willm les renseignements qui suivent.

« Les eaux des deux sources, dit-il, sont employées simultanément et se trouvent mélangées dans les piscines. Cette pratique se justifie pleinement par la similitude de composition des eaux de ces deux sources, dont la minéralisation et la thermalité ne présentent que des différences peu prononcées.

	Eau de soufre.	Eau d'alun.
Hydrogène sulfuré libre.	3$^{milligr.}$,37 à 4$^{milligr.}$,43=	3$^{milligr.}$,74
Soufre (à l'état d'hyposulfite)	3$^{milligr.}$,84	3$^{milligr.}$,60
Azote	13^{cc},03	12^{cc},5
Gaz carbonique	0^{gr},09322	0^{gr},0882
	ou 47^{cc},15	ou 44^{cc},59
Carbonate de calcium	0,1894	0,1623
Carbonate de magnésium	0,0105	0,0176
Carbonate ferreux	0,0010	0,0008
Silice	»	0,0175
	0,2009	0,1982

	Eau de soufre.	Eau d'alun.
Silice	0,0479	0,0365
Sulfate de calcium	0,0928	0,0781
— de magnésium .	0,0735	0,0493
— de sodium	0,0327	0,0545
— d'aluminium ...	0,0081	0,0003
Chlorure de sodium ...	0,0300	0,0274
Phosphate calcique	0,0066	Traces
	0,2916	0,2461

| Total des principes fixes, par litre............. | 0,4925 | 0,4443 |

La quantité de matière organique tenue en dissolution dans ces eaux est très variable; on en a trouvé une fois 0^{gr},310 par litre.

Voici la composition sommaire de cette espèce de barégine, avec la proportion des éléments minéraux dans la matière organique elle-même supposée sèche :

	Pour 100 de cendres.	Pour 100 de baré-gine sèche.
Silice............	37,41	20,20
Alumine.	4,87	2,63
Oxyde de fer...... .... environ	10,00	5,40
Chaux........................	34,31	18,53
Acide phosphorique............. ...	1,65	0,89
Magnésie	Traces	Traces
Matières non dosées (Co², So⁴, Cl, etc.).	11,76	6,35
Matière organique...................	»	46,00
	100,00	100,00

L'air des cabinets de douches, analysé également

par M. Willm, a donné environ $2^{milligr.}$,83 d'hydrogène sulfuré pour 100 lit. d'air, soit en volume 1 lit.
pour 52,5 mèt. cubes. Ces chiffres, d'après la remarque de M. Willm, ne peuvent être considérés
que comme approximatifs.

Tous les auteurs s'accordent à considérer ces eaux
comme excitantes du système nerveux et de la circulation, comme toniques et reconstituantes, agis-
sant principalement sur la peau et les muqueuses.

Nous parlerons plus loin des Eaux de Marlioz et
de Saint-Simon, qui peuvent, par leur proximité,
être regardées comme des annexes et des complé-
ments des Eaux d'Aix.

De l'emploi des eaux. — La réunion, dans un
espace aussi restreint, des sources précédentes, et
surtout la proximité des établissements d'Aix et de
Marlioz, font d'Aix-les-Bains une station tout à
fait exceptionnelle.

On peut dire sans exagération que nulle part la
thérapeutique hydrominérale ne dispose de ressources aussi considérables et aussi variées.

Nous n'entreprendrons pas d'énumérer toutes les
affections susceptibles d'être ici soulagées ou guéries; cela nous entraînerait vraiment trop loin;
nous ne consignerons pas non plus les observations
des malades qui ont recouvré la santé près de ces
thermes.

Dans un ouvrage qui n'est pas exclusivement destiné aux médecins, ces sortes de narrations offrent
un danger sérieux : les malades croient reconnaître

dans les symptômes décrits ce qu'ils éprouvent
eux-mêmes et, par une pente toute naturelle, ils
veulent qu'on leur applique le traitement qui a
réussi à d'autres. Souvent, sans même demander
conseil, ils se traitent seuls, et presque toujours
ils s'en trouvent fort mal. Pour bien juger une maladie, la suivre dans ses phases successives, appré-
cier les effets du traitement, et remplir les indications au fur et à mesure qu'elles se présentent, il
faut, indépendamment des lumières fournies par
l'étude et de l'expérience que donne l'habitude, il
faut, disons-nous, un sang-froid qui n'est pas com-
patible avec l'état de maladie. C'est ce qui explique
que la plupart des médecins, pour ne pas dire tous,
sont inhabiles à se traiter eux-mêmes, et qu'ils
font appel à un confrère, quand il s'agit de traiter
les êtres qui leur sont chers.

Nous nous bornerons donc à des considérations
générales.

De tout temps, les malades atteints d'affections
rhumatismales ou scrofuleuses sous quelque forme
que ce fût, d'affections des os ou des articulations, etc., sont venus à Aix chercher la guérison.

Avant l'année 1783, date de la construction de
l'ancien établissement, ces eaux étaient déjà très
fréquentées. Tout le traitement consistait alors à
boire et à se plonger dans les sources; et cependant de nombreuses guérisons s'opéraient chaque
année, car Cabias, qui écrivait en 1622, cite plusieurs cures remarquables dans son ouvrage intitulé : *les Vertus merveilleuses des bains de Savoie.*

Daquin, en 1773, rapporte un grand nombre d'observations de guérisons obtenues dans des cas de rhumatismes avec ou sans paralysies, de fractures anciennes, de tumeurs viscérales, de scrofules, de névroses, de douleurs néphrétiques, d'affections de la vessie, de maladies de la peau, d'asthme, de tubercules pulmonaires, etc.

Il est bien évident que ce n'est pas à l'action mécanique de la douche et du massage qu'il faut faire honneur de ces guérisons, puisque ces moyens n'étaient pas alors en usage.

Mais si les eaux sont puissantes par elles-mêmes, la manière de les administrer a singulièrement agrandi cette puissance.

Nous avons dit, en parlant de l'établissement, qu'il y existe une installation hydrothérapique spéciale; nous ajoutons ici que tous les cabinets de douches étant munis de robinets d'eau froide, on peut faire de l'hydrothérapie à tous les étages; que dans les piscines, un robinet d'eau froide à grande pression est à la disposition des baigneurs; et qu'enfin, à Marlioz, les appareils hydrothérapiques appropriés surtout aux maladies de matrice, sont alimentés par l'eau minérale pure ou mitigée, selon les prescriptions du médecin.

La plupart des maladies chroniques, les névroses, les chloroses, les affections utérines, etc., que l'hydrothérapie modifie si énergiquement, peuvent donc être traitées à Aix.

A côté de l'hydrothérapie froide, Aix met à la disposition de ses médecins, selon la judicieuse expression du Dr Durand-Fardel, un système parfait d'hydrothérapie thermale et tout un personnel de masseurs, comme il n'en existe dans aucune autre station. En résumé :

1° Toutes les maladies se rattachant au rhumatisme chronique sont traditionnellement soignées à Aix.

2° Il en est de même des affections lymphatiques et scrofuleuses, des affections chroniques du périoste, des os et des articulations (tumeurs blanches, hydarthroses, ankyloses, caries, etc.).

Les eaux de Marlioz ont une action très efficace contre les altérations du système osseux. Dans un travail communiqué à l'Académie des sciences, le 2 mars 1858, M. Boussingault expliquait cette action par la quantité notable de bicarbonate de chaux qu'elles contiennent.

3° A ces deux classes d'affections, il convient d'ajouter tout d'abord les maladies vénériennes qu'une observation superficielle ou des idées préconçues ont longtemps éloignées d'Aix. Le premier effet des eaux est d'augmenter les symptômes et souvent d'en faire naître de nouveaux, de réveiller les diathèses, ainsi qu'on l'a dit. On comprend qu'en exagérant le mouvement fluxionnaire du côté de la peau, elles doivent faire paraître ou réapparaître les manifestations constitutionnelles de la syphilis toutes les fois que la maladie n'est pas complètement disparue. C'est précisément cette action qui les rend précieuses, puisqu'elle en fait en quelque sorte le critérium de la maladie dont il s'agit, en même temps qu'elle concourt doublement à sa curation, et par ses principes minéralisateurs et par sa thermalité. Or, de toutes les maladies, c'est celle qu'il importe le plus de pouvoir déceler quand elle est larvée. En effet, elle reste quelquefois longtemps sans manifestations extérieures, tout en continuant son évolution fatale, et tout en pouvant être transmise par hérédité. D'un autre côté, quand la maladie n'existe plus, il importe de cesser le traitement mercuriel qui, prolongé au delà des limites nécessaires, devient lui-même une cause d'accidents plus ou moins graves. Du reste ces accidents trouvent leur remède le plus efficace dans les mêmes eaux d'Aix ou de Marlioz.

4° Les maladies chroniques de la peau, toutes celles qui se rattachent à ce qu'on appelle maintenant l'herpétisme, trouvent également dans ces eaux leur antique spécifique, c'est-à-dire le soufre. Nous appelons, à cet égard, l'attention des médecins sur les services que rendent les douches de vapeur chaude et sulfurée (appareils Berthollet) contre les affections cutanées du visage, en particulier les acnés, d'ordinaire si rebelles.

5° Les affections des membranes muqueuses, de toutes les muqueuses, sont rapidement améliorées avec les ressources combinées des deux stations, et presque toutes, si l'on y met de la persévérance, y sont guéries radicalement : les laryngites chroniques, les pharyngites granuleuses, les catarrhes bronchiques, toujours liés à un état emphysémateux des poumons, les catarrhes du col utérin, les diarrhées incoercibles, les dyssenteries chroniques, les catarrhes de la vessie, les blennorrhées invétérées, les leucorrhées, etc.

6° Contre les engorgements ou les congestions chroniques du foie, de la rate, de l'utérus, etc., les installations hydrothérapiques froide et minérale d'Aix et de Marlioz offrent une médication énergique.

7° La phthisie pulmonaire à tous les degrés peut être enrayée par un séjour plus ou moins prolongé dans la vallée d'Aix et par l'usage des eaux de cette station ou de Marlioz, selon les cas, prises sous forme d'inhalation. Nous nous réservons de publier plus tard, quand le temps les aura consacrées, un grand nombre d'observations de tubercules du poumon améliorés ou guéris par cette médication. Depuis Daquin, la plupart des médecins qui ont exercé à Aix ont obtenu de ces guérisons. La thermalité des eaux, leur qualité, le climat exceptionnellement doux et égal de la vallée, le peu d'élévation de celle-ci au-dessus de la mer (250 mèt.), la rareté, pour ne pas dire l'absence de la phthisie héréditaire sur les bords du lac du Bourget, tout concourt à signaler la station comme réunissant les conditions les plus favorables pour combattre cette terrible affection. Si, malgré cela, on voit relativement peu de phthisiques venir à Aix, cela tient à des causes multiples. Nous constaterons seulement les deux principales : d'abord quelques médecins, attribuant à l'effet des eaux les accidents qui étaient le propre de la maladie, se sont effrayés à tort. Ils ont cru voir une contre-indication

absolue où n'était probablement qu'une indication
de changer le mode de traitement. Là où la douche
est mal supportée, la boisson, les bains et l'inhalation peuvent encore rendre les plus grands services.

Ensuite les médecins de Paris et des grandes
villes, où abondent les phthisiques, avaient pris l'habitude, avant l'annexion d'Aix à la France, d'envoyer
leurs clients aux eaux des Pyrénées, parce que ces
eaux sont françaises, et parce que les confrères établis près de ces eaux avaient eu le soin de mettre
en lumière les bons résultats de la médication sulfureuse contre les maladies de poitrine. L'installation
thermale si complète de l'établissement d'Aix, la
minéralisation supérieure des sources de Marlioz, le
voisinage enfin des eaux de Challes, qui contiennent le soufre à un état de concentration extraor-
dinaire, feront, avec les autres considérations mentionnées plus haut, revenir le corps médical, mieux
informé, à une plus juste appréciation des choses.

8° Les ulcères atoniques, les vieilles cicatrices res-
tées douloureuses, les plaies par armes à feu, certains cas de paraplégies rhumatismales, etc., etc.,
viennent de temps immémorial demander à Aix une
guérison ou une amélioration qui sont en quelque
sorte traditionnelles.

9° L'eau de Saint-Simon, — où n'existe qu'une
buvette, — est employée avec succès dans les affections gastriques et gastro-entériques à l'état chronique ou subaigu; dans les gastralgies et les irrita-
tions de la muqueuse vésicale, elle s'oppose à la
formation de l'acide urique, et modère par consé-

quent les manifestations de l'affection goutteuse.
Elle convient, de plus, aux malades chez lesquels
les eaux d'Aix troublent les fonctions des membranes
muqueuses en portant le mouvement fluxionnaire à
la peau avec une certaine exagération.

Quelques conseils aux Baigneurs. — Alibert disait : « Quand vous arrivez aux Eaux minérales,
faites comme si vous entriez dans le temple d'Esculape; laissez à la porte toutes les passions qui ont
agité votre âme, toutes les affaires qui ont si longtemps tourmenté votre esprit. » Conseil excellent et
qu'il faut s'efforcer de suivre.

Il disait aussi : « Lorsque les malades se trouvent
rendus aux Eaux qui leur ont été indiquées par un
médecin instruit, ils ne doivent point en commencer
l'usage avec trop de précipitation ; ils doivent se
livrer pendant quelques jours au repos, et se dé-
lasser préalablement d'une route qui a été trop fatigante pour leurs organes. »

Il faut se garder de vouloir se traiter seul, même
quand on revient pour la deuxième ou troisième fois
aux Eaux. Cette imprudence est souvent punie par
les plus graves accidents, surtout à Aix, où la médication est loin d'être indifférente. Il est bon que les
malades sachent qu'il n'y a pas de formules générales de traitement. Il n'y a pas de médecine des
Eaux; il n'y a que des médecins.

On ne doit pas non plus s'adresser à un autre
docteur que celui qui a été désigné par le médecin
habituel; ce procédé a quelque chose de blessant

pour ce dernier qu'on a consulté avant de partir et dont on ne suit pas les avis ; il peut en résulter un préjudice sérieux pour le malade qui, dans la plupart des cas, n'a pas été adressé sans raison, plutôt à tel confrère qu'à tel autre.

Les médecins des Eaux qui, par les moyens inavouables du pistage (maîtres d'hôtels, garçons, etc.), détournent à leur profit les clients, sont, par ce fait même, peu honorables. Cette considération devrait suffire pour éloigner d'eux les clients qui se respectent.

Le titre d'inspecteur, donné à la faveur, constitue un privilège regrettable, mais n'implique, chez le médecin qu'il désigne, aucune supériorité scientifique sur ses confrères.

C'est une erreur de croire qu'en multipliant les opérations balnéaires et en forçant les doses prescrites, on sera plus tôt guéri. Les médications brusques ne conviennent point aux maladies chroniques, et elles ont le grave inconvénient d'amener l'intolérance. Celle-ci se reconnaît à la fièvre, dite thermale, à l'agitation qui s'empare des malades, au défaut d'appétit, à l'état saburral de la langue, à l'exacerbation des symptômes ou des douleurs, à la répugnance contre la médication. Force est alors d'interrompre le traitement, et rarement peut-on le reprendre la même année avec des chances aussi favorables.

Les malades feront bien d'apporter avec eux de longues chemises ou des peignoirs en grosse flanelle, pour s'envelopper au sortir de la douche ou du bain

Les dames devront se munir d'un costume de bains de mer, afin de se baigner dans la piscine, bien préférable, sauf indications spéciales, à la baignoire.

« Il est difficile, dit le Dr Durand-Fardel, de demeurer dans une baignoire plus d'une heure ou deux. Ce n'est pas la solitude et l'ennui qui en sont cause, c'est que l'immobilité à laquelle on est astreint, dispose singulièrement à la congestion cérébrale et ne manque guère d'amener, si la durée du bain est trop prolongée, au moins de la céphalalgie et des étourdissements. »

D'ailleurs le règlement de l'établissement s'oppose à ce que l'on reste plus d'une heure dans les baignoires, et l'on reste tant que l'on veut à la piscine.

Les malades, — les rhumatisants surtout, — doivent être prévenus que l'amélioration de leur état pendant le séjour aux Eaux est exceptionnelle. Elle ne se prononce bien franchement que plus ou moins longtemps après. Quelquefois l'excitation thermale sulfureuse continue après la saison; les sueurs se répètent, chez certains malades, avec une sorte de périodicité aux heures de l'étuve et de la douche. Ce n'est que lorsque ces phénomènes ont cessé que la guérison est obtenue.

En partant d'Aix, beaucoup de malades, surtout parmi les Parisiens, demandent à leur médecin s'ils peuvent aller à la mer. Nous laisserons le médecin leur répondre. Cela dépend, en effet, de plusieurs circonstances qui doivent être appréciées au moment même et par un homme compétent. L'époque à laquelle le voyage est projeté, la plage choisie, l'état de la température, l'affection pour laquelle les malades sont venus aux Eaux, la manière dont ils ont supporté le traitement thermal, etc., etc., seront autant d'indices qui dicteront la décision du médecin consulté. La seule chose qu'il soit bon de consigner ici, c'est que, en général, il n'y a pas incompatibilité entre les Eaux d'Aix et, consécutivement, le séjour au bord de la mer.

Par malheur, les Parisiens, après être retournés inspecter leurs affaires ou leur maison, se dirigent du côté de la Manche, c'est-à-dire au nord. Il serait à coup sûr préférable pour la plupart d'entre eux, atteints de rhumatismes ou d'affections chroniques des muqueuses, de descendre à la Méditerranée et de s'arranger de façon à faire, dans le Midi, une cure de raisin. Encore une fois, c'est au médecin qui aura dirigé le traitement à leur indiquer ce qui convient le mieux.

CHAPITRE II

MARLIOZ

Des omnibus partant toutes les demi-heures, et faisant le trajet en 10 min. (60 c. aller et retour) mettent Aix-les-Bains en communication continuelle avec Marlioz.

Marlioz est une vaste propriété de 33 hect., en face de la colline de Tresserve, et dépendante d'un hameau situé à 1500 mèt. d'Aix, sur la route de Chambéry.

Les Eaux, connues depuis un temps assez reculé, n'ont sérieusement attiré l'attention des médecins que depuis l'expérimentation chimique de M. Bonjean.

Le premier captage des sources date de 1850. Le propriétaire, M. Billet, Savoyard d'origine, résidant à Madrid, consacra des capitaux importants à l'installation des Eaux et à l'embellissement du parc. Aujourd'hui, grâce aux constructions nouvelles et aux améliorations réalisées par le nouveau fermier, l'établissement de Marlioz compte parmi les plus intéressants et les plus utiles de l'Europe.

Il existe à Marlioz trois sources : — 1° la *source d'Esculape*, servant à la boisson et aux bains; — 2° la *source Adélaïde*, plus sulfureuse que la précédente; elle est réservée pour des besoins exceptionnels; — 3° la *source Bonjean*, qui alimente les

salles d'inhalation. Ces trois sources, d'une température constante de 11 degrés centigrades, sont sul-

Établissement des bains de Marlioz.

fureuses, alcalines et iodurées; elles peuvent fournir
au moins 10000 lit. par 24 h.

La nature du principe minéralisateur de l'eau de

Marlioz n'est pas la même que celle de l'eau d'Aix; en effet, traitée par le nitroprussiate de sodium, elle donne après quelques instants une coloration pourpre, sans qu'il soit nécessaire d'y ajouter un alcali; elle est donc minéralisée par un sulfure alcalin.

Le dosage sulfhydrométrique par l'iode y indique la présence de $16^{mg}\cdot 8$ de soufre, probablement sous la forme de sulfhydrate. Ce chiffre correspond à $17^{mg}\cdot 9$ d'hydrogène sulfuré, ou à $29^{mg}\cdot 5$ de sulfhydrate de sodium, soit à $41^{mg}\cdot 1$ de monosulfure.

Les dernières analyses de M. Willm, en 1878, ont donné les résultats suivants pour 1 litre :

Carbonate de calcium	0,1912
— de magnésium	0,0011
Sulfhydrate de sodium	0,0295
Sulfure de sodium	0,2631
— de calcium	0,0605
Chlorure de magnésium	0,0640
Iodure de sodium	0,0015
Silice	0,0260
Alumine (ferrugineuse)	0,0024
	0,6393

Deux *salles d'inhalation gazeuse froide* ont été installées à Marlioz. Au centre de chacune d'elles est un bassin de marbre blanc du milieu duquel s'élève une gerbe de jets très ténus d'eau minérale, qui se brisent contre un disque à concavité inférieure. Des robinets plus ou moins ouverts font varier la force de projection de l'eau et permettent de règler proportionnellement la quantité de gaz acide sulfhydrique qui se mélange à l'air des salles. Non seulement l'hydrogène sulfuré, mais sans doute les autres principes minéralisateurs de la source, se disséminent aussi dans l'atmosphère, par suite de la pulvérisation de l'eau qui les contenait. Il suffit de respirer simplement dans un tel milieu pour que les muqueuses du pharynx, du larynx, des bronches et des poumons soient mises en contact direct avec le remède qui doit modifier l'état pathologique de l'une d'elles ou de toutes ensemble. La muqueuse pulmonaire est d'ailleurs la voie par laquelle l'absorption se fait le plus énergiquement, et la quantité de soufre qui entre ainsi dans l'organisme est relativement considérable.

On ne se mouille pas dans ces salles, comme dans celles de vapeurs chaudes. On y entre à toute heure, avec toute espèce de toilette ; on peut, comme chez soi, lire, travailler, et, des fenêtres, on aperçoit des échappées de vue d'une magnificence réelle.

Les douches de la gorge et de la face, soit en jets, soit pulvérisées, sont administrées à l'aide d'appareils nouveaux et avec la plus grande facilité. Elles agissent sous une pression qui varie de une à cinq atmosphères et à la température prescrite par le médecin.

La buvette est aménagée de manière à fournir l'eau sulfureuse iodée, sans altération, soit à la température naturelle de 11 degrés centigrades, soit à telle autre. L'eau minérale est chauffée, *sans aucune altération de ses principes minéralisateurs natifs,* par des appareils qui ne sont pas la partie la moins intéressante de l'installation. Les malades trouvent donc à Marlioz de l'eau minérale « thermalisée » pour le cas où l'eau minérale froide serait contre-indiquée. La solution de ce problème, vivement désirée par les médecins, offrait de sérieuses difficultés ; elle est pleinement obtenue.

Un second établissement, contigu à l'établissement principal, contient, dans deux divisions spéciales pour chaque sexe, des bains d'eau minérale *chauffée sans perte des principes constituants, des douches locales ascendantes et vaginales*, de grandes douches froides en pluie et en jet, ainsi que des *bains d'eau commune, qui manquent à Aix.*

Les Bains minéraux sont alimentés par un réservoir contenant 4000 hectol. d'eau sulfureuse.

Le **parc** de Marlioz comprend aussi :

Un pavillon de gymnastique médicale ;

Un café-restaurant dans un très élégant *chalet* de style mauresque, au milieu d'une avenue de marronniers qui domine les jardins ; table d'hôte, service à la carte, etc. ;

Une laiterie où l'on trouve tous les jours et à toute heure du lait de vache tiré au moment de la demande.

Au café-restaurant, au château et dans les dépendances, de nombreux logements très confortables, à des prix modérés, sont à la disposition du public.

L'auteur anonyme d'une brochure sur Marlioz (*Gazette des Eaux*), où nous avons puisé en partie ce qui précède, s'exprime ainsi en terminant: « En résumé, Marlioz réunit tout ce que la thérapeutique est en droit de réclamer des établissements de ce genre; et il forme la plus délicieuse *oasis* que l'on

Chalet-restaurant de Marlioz.

puisse désirer pour l'agrément et la commodité du l'étranger. De frais ombrages, des sièges de tous côtés, des salons de lecture et de repos, des plantations de tout genre, des fleurs à profusion, des bassins et des jets d'eau ; tout justifie l'affluence non pas seulement des malades, mais encore de la grande majorité des visiteurs d'Aix, qui viennent s'abriter à Marlioz des ardeurs du soleil, y jouir de points de vue magnifiques et de l'animation produite dans cette charmante résidence par un mouvement continuel de promeneurs.

L'eau de Marlioz, comme celle d'Aix, émerge du terrain néocomien. Les trois sources fournissent une eau limpide, incolore, douce au toucher, à odeur et à saveur fortement hépatiques. Abandonnée à l'air libre, elle se trouble, laisse déposer du soufre et dégage de l'hydrogène sulfuré.

« C'est, dit M. le D^r Le Pileur, une eau excitante, tonique et reconstituante ; elle stimule les fonctions de l'estomac et celles de l'appareil urinaire ; sous son influence, les urines et la sueur deviennent alcalines, l'hématose est activée et modifiée. Son action spécifique sur les voies aériennes la rapproche, comme ses éléments chimiques, des Eaux-Bonnes, de celles de Labassère, de la Raillère, etc. Elle se transporte parfaitement. »

CHAPITRE III

SAINT-SIMON

Dans une direction opposée à celle de Marlioz, c'est-à-dire au N., sur la route de Genève et à 2 kil. environ, on trouve au hameau de **Saint-Simon** une source magnésienne alcaline très abondante. Elle donne 1000 hectol. en 24 h.

Elle est limpide, onctueuse au toucher, sans odeur, d'une saveur agréable, et possède une température constante de 17 degrés.

D'après les analyses faites en 1851 par M. Kramer, professeur de chimie à Milan, elle contient des bicarbonates de chaux, de magnésie, de potasse et de fer ; — du chlorure de magnésium ; — des oxydes aluminique et magnésique ; — des sulfates de potasse et de magnésie ; — de l'iode, de la glairine et du gaz azote libre.

Les effets physiologiques de cette eau sont d'augmenter l'appétit, d'aider la digestion, de rendre les déjections alvines plus faciles. Selon le Dr Pétrequin, de Lyon, elle active la sécrétion de la salive. L'excitation qu'elle provoque paraît spéciale aux membranes muqueuses et ne retentit pas sur le reste de l'économie.

Elle est hyposthénisante du système nerveux.

Il y avait autrefois à Saint-Simon une source ferrugineuse que les travaux du chemin de fer ont fait disparaître. Mais il en existe une autre excellente à Grésy, sur la même route, à 3 kil. d'Aix.

Itinéraire de la Franc Paris.Hachette et Cie Editeurs

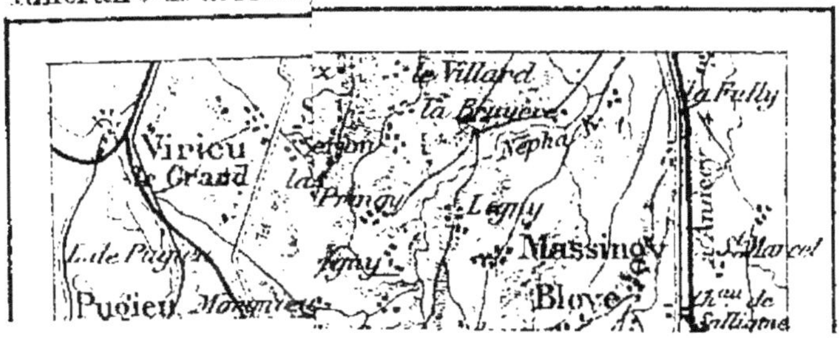

3° 30'

St Martin
de Bavel
Vireu
le Grand
Chevrieu
Marais
Hyme
de
Lavours
Puzieu
Ambérieu
Lavours
Cuzieu
Voren
Lavours
Maxieu
Pollieu
Chanaz
Chatillon
Marignieu
Conjux
Andert
Champ
St Pierre
de Curtile
Chaze
Magnieu
Cressin
LA
Germain
BELLEY
Ontex
de Yonguet
Massignieu
Lucey
Tarves
Jongieux
Billieme
Arbignieu
Monts
Brens
les Parves
Pierre-Chatel-Fort
La Balme
Billieme
St Jean
St Bois
la Balme
VENE
St Paul
Premeyzel
les Conteirs
Chanaz
Pyrieux
Traize
Bourdeau
Mont du Chat
Loisieux
Bois
de
AIX-les Bains
la Chapelle
Meyrieux
le Bourget
Mery
Champagnieu
Pierre d'Alve
St Maurice
de Rotherens
Verthemex
Gresso
Gerbaix
Marcieux
Novalaise
Nances
St Marie
d'Alve
LA MOTTE
Rochefort
Bassens
Avn-le-Bard
Bissy
CHAMBÉRY
Romagnieu
Ayrissieu
St Sulpice
Jacob
la Ravoire
Barberaz
Verel
Dulan
St Alban
Cassin
Montagnole
le Pont de Beauvoisin
Lepin
Aiguebelette
St Badolph
la Folliere
la Bridoir
Apremont
St Albin
Corbele

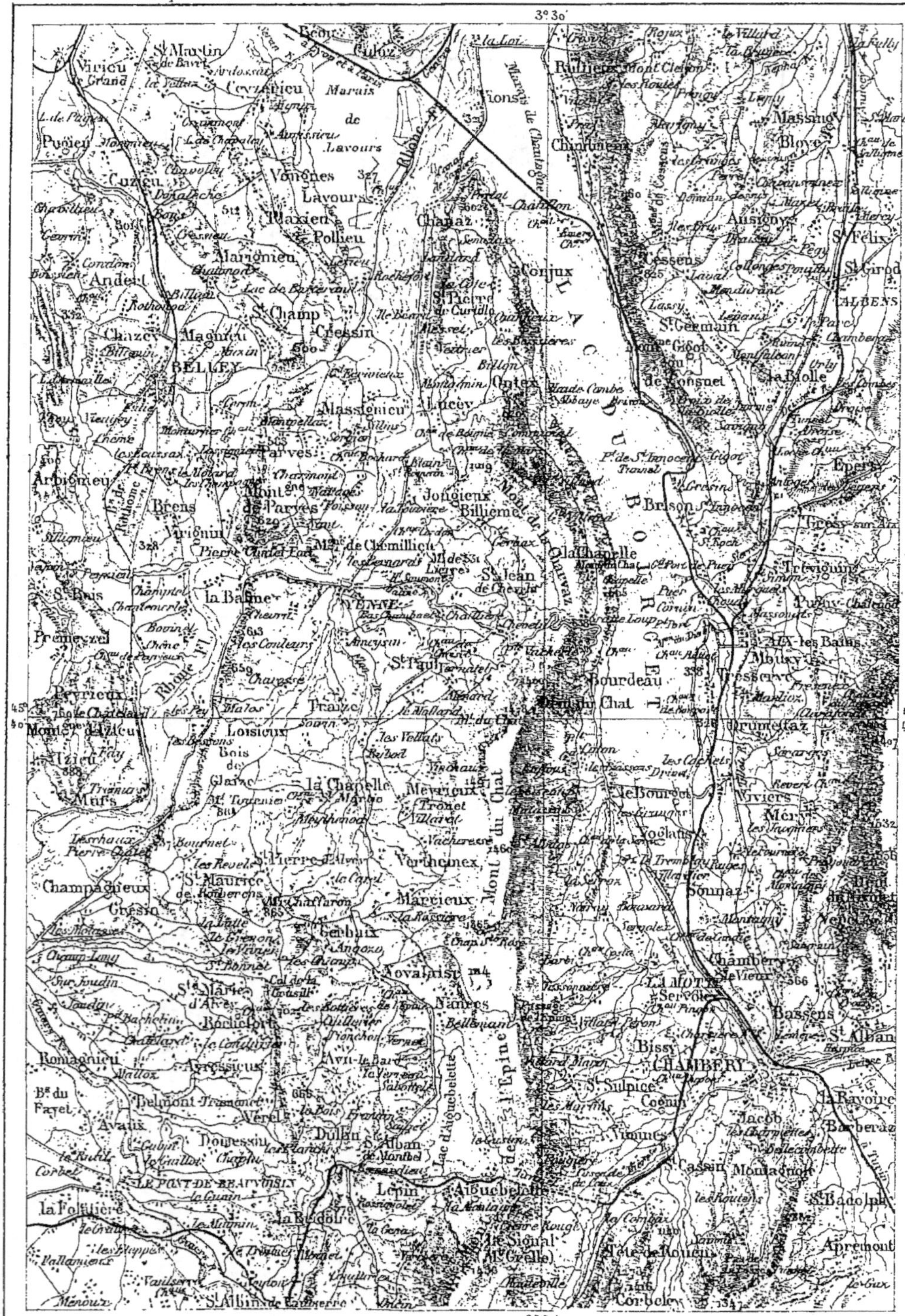

3° 30'

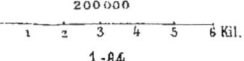

$$\frac{1}{200000}$$

1   2   3   4   5   6 Kil.

1-84

CHAPITRE IV

ENVIRONS D'AIX

Plusieurs chaînes secondaires des Alpes forment l'enceinte de la vallée d'Aix.

Afin de les désigner avec ordre, nous supposerons le spectateur placé sur la colline de Tresserve, qui se trouve à peu près au centre de la vallée, entre le lac et la ville.

A l'E. : grand massif calcaire des Beauges (*Bovillæ*, pays de bestiaux), coupé à pic comme une falaise, élevé au N. (le Revard) de 1500 mèt., et au S. (Dent du Nivolet) de 1558 mèt. au-dessus de la mer. Plus bas, les collines de Trévignin, Pugny, Mouxy, Clarafond, Méry, Lémenc qui touche à Chambéry; plus bas encore, Biollay (la roche du Roi), au-dessous de Mouxy, et, en allant au N. : les côtes (Aix), Saint-Innocent–Thouvières, prolongement du Jura.

Au midi, les trois montagnes que l'on aperçoit sont, de g. à dr. : le Granier, Montagnole et Saint-Thibaud–de-Couz. Elles se réunissent à la base.

Sur un plan plus reculé, la chaîne de montagnes couvertes de neige qui ferme l'horizon appartient aux Grandes-Alpes; ce sont les glaciers de la Maurienne (les Sept-Laux).

vignes, un chemin conduisant à la *ferme de Cham-temerle* (belle vue sur le lac du Bourget).

Du reste toutes les collines qui dominent Aix à l'E., au-dessous de la grande chaîne calcaire, sont sillonnées de chemins, qui se croisent tellement dans tous les sens qu'on ne saurait les indiquer par écrit, mais dans lesquels il est impossible de s'égarer, puisque, en redescendant, on est toujours sûr de revenir à Aix. Quelques-uns de ces chemins ou sentiers suivent de charmants petits ruisseaux.

Dans une direction presque opposée, c'est-à-dire au S.-E. de la ville, en montant d'abord la route de Mouxy, puis en s'en écartant sur la dr., près des dernières maisons de la ville, on peut gagner la **roche du Roi** (anciennes *carrières* des Romains; belle vue). En continuant sa promenade de ce côté, dans la direction du S., on atteindrait, à travers un bois de chênes rabougris, la *chapelle de Notre-Dame des Neiges*, et l'on redescendrait par Marlioz sur la grande route de Chambéry.

Colline de Tresserve.

La **colline de Tresserve** se dresse au S.-O. d'Aix, entre le vallon du Tillet et la rive E. du lac du Bourget. Sa longueur est de 5 kil.; sa plus grande largeur, de 1 kil. Son point culminant atteint 338 mèt., soit 81 mèt. au-dessus du Tillet.

Tresserve est un amas de grès tendre ou molasse, recouvert d'une végétation luxuriante : céréales, vignes, arbres d'essences variées et magnifiques châtaigneraies. Un chemin qui part de l'extrémité N. ou de la Maison-du-Diable conduit, sur la crête même, jusqu'à l'extrémité S. Pour bien jouir des beaux points de vue qu'offre Tresserve sur le lac du Bourget, il faut s'écarter de cette route praticable aux voitures et gagner le sentier qui domine la crête abrupte du versant O.

Deux chemins de voitures conduisent d'Aix au pied de la colline de Tresserve (10 min. au pas de promenade). Ce sont les deux avenues bien plantées qui partent des deux extrémités de la ville dans la direction de l'O., que croise le chemin de fer et que réunit, au pied de la colline, une jolie route ombragée (10 min. environ).

1° Si l'on a suivi l'avenue des Rubattes, on traverse le Tillet avant d'atteindre la base de la colline. Tournant à dr., on ne tarde pas à laisser à dr. la route de Cornin (*V.* ci-dessous) pour monter à g., à (5 min.) la *Maison-du-Diable*. Au delà d'une fontaine, à dr. de la ferme, un sentier conduit, à travers un verger, à un banc placé au sommet d'une paroi abrupte de molasse, d'où l'on découvre un charmant point de vue. Le *bois Lamartine*, sillonné de quelques sentiers, est le petit bois qui se trouve compris entre la Maison–du–Diable et la rive g. du Tillet.

Quand on est revenu près de la ferme, il faut, au delà d'une petite maison, gravir le chemin, un peu raide et nullement ombragé, qui se dirige au S. Parvenu presque au point culminant de cette petite côte (5 min. de la Maison–du–Diable), on laisse à g. ce chemin, qui conduit directement à Tresserve (10 min.),

pour prendre à dr. un petit sentier qui, à 15 pas
environ, entre dans un bouquet de châtaigniers. De
ce point on jouit d'une fort belle vue. Des sentiers
difficiles à indiquer, car ils sont souvent détruits
par la charrue, conduisent, sous des châtaigniers et
le long de la crête, à (10 min.) Tresserve et au château de Bonport (20 min.). Après être descendu sous
les châtaigniers dans un petit creux boisé, on peut
prendre, au delà d'une maison isolée, un chemin
couvert qui conduit à Tresserve (10 min.).

2° A l'extrémité de l'avenue S., au delà du pont, on
trouve à g. une bonne route de voit. qui monte en
20 min. à **Tresserve** (604 hab.). Ce village possède de
charmantes villas dont les principales ont même
pris le nom de châteaux. Le *château de Bonport*, le
plus visité (jolie vue; jardins charmants), est situé
à 40 min. d'Aix, tout au bord du lac.

L'extrémité S. de la colline de Tresserve n'est pas
moins ombragée que l'extrémité N. La vue y est
encore plus belle.

La ville d'Aix a fait transformer en promenade
ou en route la partie de la voie ferrée qui, de Choudy
à Voglans, longeait le lac au pied du versant O. de
la colline de Tresserve. On peut donc faire le tour
de la colline de Tresserve en voiture.

N. B. — L'ancienne voie ferrée n'étant pas ombragée, doit être fréquentée de préférence le matin par
les promeneurs. Dans l'après-midi et jusqu'au soir le
soleil y est trop ardent. Cette voie est reliée au v. du
Bourget (*V.* p. 78) par une route qui longe le lac
au S.

Lac du Bourget.

De la colline de Tresserve on domine tout le **lac du Bourget** (240 mèt. d'altitude ; 1500 mèt. à l'O. d'Aix à vol d'oiseau), long de 17 kil., large de 5 kil., profond de 80 à 110 mèt., et qui se déverse, au N., dans le Rhône par un canal long de 3 kil., appelé canal de Savières. Il prend son nom du village du Bourget, situé à l'extrémité S.-O. A ses deux extrémités s'élèvent les châteaux du Bourget et de Châtillon. On pêche dans le lac le lavaret, la truite, l'ombre-chevalier, le brochet, la brême, la lotte, la perche, l'anguille, l'alose et la carpe. Ce lac a inspiré à Lamartine l'une de ses plus admirables *Méditations* et les plus belles pages de *Raphaël*.

Pour une promenade sur le lac, on a le choix entre deux points d'embarquement : le grand port ou port de Puer, et le petit port ou port de Cornin.

La route du port de Puer, ou *route du lac* proprement dite, bordée de beaux arbres, se détache à g. de la route de Genève, vers l'extrémité du faubourg de ce nom, et croise le chemin de fer d'Annecy. Quand on a franchi le Siéroz, on laisse à dr. le chemin de Saint-Innocent, et, croisant le chemin de fer d'Aix à Culoz, on atteint (45 min. d'Aix) le *port de Puer*.

Pour aller au port de Cornin, on prend la belle avenue qui conduit (10 min.) au pied de la colline de Tresserve (*V.* ci-dessus) ; tournant alors à dr., on suit la rive g. d'abord, puis la rive dr. du ruisseau du Tillet jusqu'au ham. de *Cornin*, où on le franchit une troisième fois, pour continuer à se diriger à l'O. A 25 min. d'Aix, on arrive au petit port, après avoir laissé à g., en sortant de Cornin, le chemin du bois Lamartine, et croisé l'ancienne voie ferrée.

Il est question de creuser un canal qui amènerait jusque dans Aix les eaux du lac. Le bassin de départ serait situé à côté de l'avenue des Rubattes. C'est là qu'on s'embarquerait pour les promenades.

En attendant que ce projet se réalise, un service régulier d'omnibus fait trois fois par jour le trajet de la place Centrale au lac et retour.

Hautecombe. — Bourdeau. — Le Bourget.

Pour la description de ces localités, *V.* ci-dessous, le *tour du lac*.

Brison-Saint-Innocent.

2 h. 1/2 aller et retour.

Après avoir suivi la route du lac jusqu'au Siéroz (2 kil.), il faut prendre à dr., un peu au delà du pont, la route de (2 kil. ; 4 kil. d'Aix) **Brison-Saint-Innocent** ou de la Chautagne. Derrière la maison Rebaudet, on traverse une châtaigneraie, puis un bois, avant d'atteindre le *château*, près duquel on remarque, à côté d'une fontaine, un *charme* magnifique. Des jolies villas éparses sur la hauteur, et du château qui la domine, on découvre une belle vue.

Du château, on peut revenir par le v. de Saint-Innocent, ch.-l. de la com. de *Brison-Saint-Innocent* (920 hab.), où l'on élève de nombreux lapins dont le poil est utilisé pour la fabrication de tissus moelleux. Des vestiges d'habitations lacustres ont été trouvés à 1 kil. au N. de Saint-Innocent, près du ham. de *Grésine*. Entre les deux villages, on découvre de beaux points de vue.

Gorges du Siéroz.

3 kil. — Voit. partant 4 fois par jour de la place Centrale.

A 30 min. d'Aix, sur la route de Genève, à dr., au delà du pont du Siéroz, on rencontre un chemin, long d'une cinquantaine de mèt., conduisant à l'embarcadère du petit bateau à vapeur (le *Christophe Colomb*) sur lequel les promeneurs visitent les gorges du Siéroz (1 fr.; 1 fr. 50 aller et retour). En deçà de l'embarcadère, un barrage, haut de 8 mèt. 50, est destiné à élever l'eau du Siéroz à un niveau suffisant pour la navigation. Ces gorges, où l'on remarque à dr. une jolie cascade, sont formées par deux parois de rochers couvertes de verdure. Rien de plus pittoresque, surtout avec certains effets de soleil, que cette navigation, malheureusement trop courte (1200 mèt. env.). Le bateau s'arrête au bas d'un escalier par lequel on monte à une galerie, longue de 200 mèt., qui domine le torrent et conduit au moulin de Grésy (*V.* ci-dessous). On peut revenir à Aix par le même chemin ou bien prendre le chemin de fer à la station de Grésy.

Sources de Saint-Simon. — Cascade et tour de Grésy.

Chemin de fer d'Aix à Grésy. Trajet en 12 min. 1re cl., 70 c.; 2e cl., 55 c.; 3e cl., 35 c. — Route de voit. et omnibus pour Saint-Simon et pour Grésy sur la place d'Aix. 2 h. 1/2 à 3 h. à pied, aller et retour.

On peut se rendre à Grésy par le chemin de fer d'Annecy; mais il est plus agréable de faire cette excursion soit à pied, soit à âne, soit en voiture particulière. On suit la route de Genève, qui, croisant le chemin de fer d'Annecy au sortir d'Aix, le longe à dr. jusqu'au Siéroz. A 2 kil. d'Aix, cette route traverse le ham. de Saint-Simon, près duquel jaillit une source minérale (V. p. 55).

Au delà de Saint-Simon, la route de Genève traverse le Siéroz (V. ci-dessus pour les gorges). On la suit pendant 15 min., puis on descend vers le torrent, et bientôt (45 min. d'Aix) on atteint un chalet-restaurant et un groupe de moulins construits sur des rochers au pied desquels bondissent les eaux réunies, mais souvent peu abondantes, de la Deisse et du Siéroz; c'est la **cascade de Grésy**. On peut descendre, par un escalier de bois, près du petit monument élevé à Mme de Broc, sœur de la maréchale Ney, qui, ayant fait un faux pas, périt sous les yeux de la reine Hortense, le 10 juin 1813. Sur ce monument est gravée l'inscription suivante :

Mme la baronne de Broc, âgée de vingt-cinq ans, a péri sous les yeux de son amie, le 10 juin 1813. O vous qui visitez ces lieux, n'avancez qu'avec précaution sur ces abîmes : songez à ceux qui vous aiment.

L'ancien propriétaire des moulins fit tailler dans les rochers de la rive dr. de la gorge un sentier-escalier (50 cent. d'entrée) d'où l'on voit très bien les chutes et le lit de la rivière. Ce chemin aboutit à une grotte naturelle, appelée *Trou de la Beurrière*. Le propriétaire a établi également une longue galerie au-dessus du lit du Siéroz, dont on peut visiter les charmantes gorges sur un petit bateau à vapeur (*V.* ci-dessus).

Près de la cascade, sur la plate-forme des rochers qui domine le gouffre, coule une *source ferrugineuse* à laquelle se désaltèrent les visiteurs. Selon M. Pichon, d'Aix, elle doit être classée parmi les eaux ferrugineuses alcalines, bicarbonatées et crénatées froides. Elle est abondante, fraîche, transparente, inodore et d'une saveur légèrement astringente.

De la cascade, on peut revenir à Aix en suivant le bord de la Deisse pour remonter sur la route de Genève près du pont. Mais il vaut mieux traverser la Deisse au delà de la cascade et remonter la rive dr. du Siéroz jusqu'au pont de la route des Beauges, appelé *pont de la Comtesse*. On passe alors sur la rive g., où l'on peut visiter, au v. de *Grésy-sur-Aix* (1347 hab.), une vieille **tour** (belle vue), reste d'un manoir élevé probablement au xiᵉ ou au xiiᵉ s. sur et avec les débris d'un oppidum romain. Dans l'enclos de la tour, des pierres antiques portent des inscriptions **mutilées.**

De la tour de Grésy, on peut revenir à Aix en se dirigeant vers le S., par le ham. de *la Fougère* (ce chemin n'est point partout praticable aux voitures). Au delà de la Fougère, une petite côte descend vers un ruisseau que l'on franchit pour aller visiter, à dr., la *tour Eustache* ou de Saint-Simon, d'où l'on peut gagner Aix, soit directement (2 kil.), soit par le ham. des *Massonas* et la ferme de *Chantemerle* (3 kil.).

N. B. — Les sentiers sont très nombreux à travers les champs et les vignes.

On peut aussi, si l'on est venu en voiture à Grésy, se faire conduire (agréable promenade) sur la route des Beauges (*V.* p. 105) jusqu'au moulin de Prime (4 kil. de Grésy).

Mouxy et le rocher Saint-Victor.

2 h. 30 pour Mouxy, aller et retour ; 4 h. environ pour le rocher Saint-Victor, aller et retour.

45 min. d'Aix à Mouxy (l'église). La route directe, qui n'est guère praticable aux voit., commence à dr. de l'établissement des bains. Un chemin beaucoup plus agréable, mais moins facile à trouver, demande seulement 10 min. de plus. Les indications suivantes suffiront-elles aux promeneurs? Prendre à l'extrémité de la rue des Écoles, en laissant à g. la maison des Frères et l'hôtel du Château-Durieux, la route de Pugny ; monter jusqu'à la maison Mollard (10 min.) ; la laisser à dr. (on peut y monter directement par la route qui contourne l'hôpital) ;

laisser à gauche la route qui conduit à la statue de Notre-Dame des Eaux; tourner à dr. près d'une maison (5 min.); laisser un chemin à dr. (2 min.); prendre le chemin de dr. qui remonte le long d'un ruisseau, par une prairie où se trouve une scierie, à 3 min. de laquelle on rejoint la route directe de Mouxy à 5 min. en deçà de l'église.

De l'église de *Mouxy*, située sur une terrasse à 414 mèt. d'altitude, en aval du village (601 hab.), on jouit d'une belle vue.

5 min. de l'église. Prendre le chemin de g., puis, presque immédiatement, celui de dr. devant un four. — 5 min. On croise un chemin de chars. — 10 min. On atteint la route qui relie, sur les hauteurs, les routes des Beauges et de Chambéry, en passant par Montcel, Trévignin et Pugny, Mouxy, Clarafond, Méry. Traversant cette route près d'une croix, on continue de monter soit à g. par un sentier, soit à dr. par un chemin, et, en 5 ou 6 min., on arrive aux **châtaigneraies** de Mouxy (1 h. d'Aix pour les bons marcheurs; 1 h. 15 à 1 h. 30 à âne), d'où l'on découvre de magnifiques points de vue.

1 h. au moins des châtaigneraies au sommet du **rocher Saint-Victor.** Le meilleur chemin, qui est fort mauvais, est celui de g. Comme il n'est pas ombragé, il est facile à retrouver parmi tous les sentiers qui se croisent, car on voit constamment devant soi le but de son excursion. Au sommet du rocher (belle vue), un plateau couvert de broussailles est dominé par une forêt de sapins. Au milieu, chapelle près de laquelle il faut passer quand on veut

monter au chalet du Revard et à la Dent du Nivolet (*V.* ci-dessous). C'est à la base du rocher Saint-Victor que les géologues placent le point d'origine des sources thermales d'Aix.

1 h. 1/2 du rocher à Aix.

Mouxy, Clarafond, Drumettaz.

Cette promenade peut se faire en voiture.

D'Aix à Mouxy, *V.* p. 68–69.

Une bonne route conduit de Mouxy à (3 kil. au S.) **Clarafond**, v. qu'on laisse à g. Près de l'église moderne (style ogival primitif), située à 390 mèt. d'altitude (belle vue), on prendà dr. le chemin qui descend à (3 kil. environ) la route d'Aix à Chambéry, par *Drumettaz* (933 hab.; château du *Donjon*). Quand on a atteint la route de Chambéry, on n'est plus qu'à 3 kil. d'Aix.

EXCURSIONS

Le tour du lac du Bourget.

Tous les dimanches, un grand bateau a vapeur, de la compagnie des « *Parisiens,* » de Lyon, fait le tour du lac et s'arrête 1 h. à Hautecombe. Billets, place Centrale : 2 fr. et 3 fr., omnibus compris (aller et retour) ; départ, entre midi et 1 h. — Pendant la semaine, un autre bateau plus petit, « *la Ville d'Aix* », fait des promenades variées sur le lac. Bureau : place Centrale.

Après avoir quitté le port de Puer, on laisse à dr. Brison-Saint-Innocent et l'on contourne la pointe du Bouchet, abritant la *baie de Grésine*. Du même côté se dresse la montagne Gigot, au pied de laquelle le chemin de fer et la route de terre courent tout au bord de la rive. En face, au bout du lac, se montre le château de Châtillon (*V.* p. 84). Après l'avoir dépassé, on aperçoit l'entrée du *canal de Savières*, par lequel les eaux du lac s'écoulent dans le Rhône. Ce canal débouche dans le fleuve près du v. de *Chanaz*, dont le territoire produit d'excellents vins blancs mousseux analogues aux blanquettes de Limoux.

Le bateau vire de bord pour longer la rive O. du lac, sur laquelle tombent, comme sur la rive orientale, de hautes pentes montagneuses. On atteint bientôt l'abbaye de Hautecombe.

L'abbaye de Hautecombe, ancien lieu de sépulture des princes de la maison de Savoie, fut fondée par saint Bernard, sous le comte Amédée III, en 1125 ou 1135. En 1796, on vendit à l'encan l'abbaye et ses dépendances; le monastère fut transformé en fabrique de faïence; il fut restauré ou reconstruit de 1824 à 1843. Plusieurs abbés de Hautecombe ont laissé un nom dans l'histoire; ce sont : Henri, l'adversaire des Albigeois, nommé cardinal-évêque d'Albano par le pape Alexandre III; — le cardinal Farnèse, neveu du pape Paul III; — le cardinal de Saint-Georges; — le cardinal de la Guiche, évêque d'Agde, ambassadeur d'Henri II, empereur d'Allemagne; — Alphonse del Bene, évêque d'Albi, ami de saint François de Sales, et à qui le roi conféra en 1572 le titre de sénateur qui fut conservé par les abbés ses successeurs. Deux papes en sortirent : Célestin IV en 1241, et Nicolas III en 1277. Occupée par des moines Bernardins, l'abbaye est protégée contre tout changement de destination par un protocole ajouté au traité de cession de la Savoie à la France en 1860.

Pour visiter l'église, il faut sonner à la porte du couvent (à dr. du portail extérieur).

La façade principale, à l'O., en pierre de Seyssel, construite depuis 1824, appartient au style ogival fleuri. Surchargée d'ornements, elle offre dans sa partie inférieure les statues de la Foi, de l'Espérance, de la Charité, de la Religion ; dans sa partie moyenne, celle des quatre Vertus cardinales, et, dans le fronton qui la surmonte, une belle rose du style rayonnant. En retour d'équerre de cette façade, du côté du N., dans l'enclos de l'abbaye, se trouve une porte latérale (xvi° s.), aujourd'hui condamnée.

En pénétrant dans l'église, on se trouve dans une sorte de vestibule, séparé du reste de l'édifice par un mur plein, percé d'une porte; c'est l'ancienne *chapelle de Belley* ou *chapelle Royale* (à dr., tombeau de Claude d'Estavayé, évêque de Belley, abbé commendataire de Hautecombe, fondateur de cette chapelle, xvi° s.). L'église est composée de trois nefs avec transsept en forme de croix latine. On commence d'ordinaire la visite par la grande nef et le bas-côté de dr., pour revenir par celui de g. Mais, dès l'entrée, l'œil est fatigué par l'étrange

Lac du Bourget et abbaye de Hautecombe.

profusion d'ornements qui recouvrent les murs de l'édifice, les tombeaux, les cénotaphes et les chapelles. Plus de 300 statues, en marbre de Carrare, en pierre de Seyssel ou en bois doré, un grand nombre de peintures, des bas-reliefs, des inscriptions se pressent dans cet étroit vaisseau, dont les voûtes, peintes en bleu, sont recouvertes d'entrelacs en stuc. Nous signalerons, dans l'ordre où se fait la visite, les monuments et les œuvres d'art les plus intéressants.

Dans la grande nef, à dr. : cénotaphe (pleureuses) de Louis II, baron de Vaux; celui d'Amédée VII, le comte Rouge ; — dans le collatéral de dr. : statue, en marbre de Carrare, de Charles-Félix, par Benoît Cacciatore; cénotaphes d'Amédée V et de sa fille Agnès; ceux des princesses Béatrix et Yolande; celui d'Humbert III, près de la porte latérale qui fait communiquer l'église avec le cloître; — dans le bras dr. du transsept, statue du B. Humbert, sculptée par Albertoni dans un bloc de marbre de Carrare, et, au-dessus de l'autel que surmonte cette statue, *Résurrection de Lazare*, peinture de François Gonino; au-dessus du mausolée du comte Pierre, l'*Ensevelissement du Christ*, fresque de Vacca; derrière l'autel de Saint-Alphonse de Liguori, beau groupe, en marbre de Carrare, de N.-D. des Sept-Douleurs, par Benoît Cacciatore; cénotaphe de Louis Ier, baron de Vaud (baldaquin de la fin du XIIIe ou du commenc. du XIVe s.); — en avant du sanctuaire : peintures de la coupole (les *Évangélistes*), par les frères Vacca; — dans le sanctuaire (belle balustrade en marbre), sur lequel s'ouvre à dr. la tribune royale : peintures sur bois (xv⁰ s.) ornant le tabernacle et les gradins du maître-autel ; peintures de la voûte (*Vie de saint Bernard*), par François Gonino ; statue de la Vierge, par Mayer, de Munich, surmontant la tribune des orgues ; tombeau du B. Boniface de Savoie, archevêque de Cantorbéry, sous les orgues ; tombeau du comte Aimon et d'Yolande de Montferrat, entre le sanctuaire et la chapelle de Saint-Joseph ; — dans le bras g. du transsept : l'*Adoration des Mages* (à la voûte), peinture des frères Vacca ; chapelle Saint-Joseph ou des Princes, construite en 1346 au-dessus du caveau funéraire des princes de Savoie (beaux vitraux, peintures murales, statues des Apôtres et de saint Joseph ; peinture sur bois, du xv⁰ s., représentant l'*Annonciation*) ; cénotaphe. d'Amédée IV ; autel du B. Boniface de Savoie (bas-relief par Lelaboureur) ; — dans le collatéral de g. : cénotaphe d'Anne-Germaine de Zæhringen ; chapelle ronde de Saint-Félix (1825), au-dessus du caveau funéraire d'Humbert, comte de Romont (statues, bas-reliefs, etc.) ; à côté de cette chapelle, ancien bénitier et inscription en caractères gothiques ; plus loin, cénotaphes de Thomas II, de Sybille de Baugé, première femme d'Amédée V, ceux de Marguerite de Savoie et d'Amédée VI, et, en avant de ce dernier, magnifique groupe en marbre de Carrare, d'un seul bloc, œuvre d'Albertoni, représentant la reine Marie-Christine protégeant les arts (un jeune peintre) et secourant les pauvres (un enfant en haillons); — à g. de la grande nef : cénotaphes de Philippe II et de Thomas Ier; — enfin, dans la cha-pelle de Belley, à l'entrée de l'église, en face de l'autel de N.-D. des Anges (bas-relief par Benoît Caccia-tore), tombeau de Charles-Félix († 1831) et de Marie-Christine († 1849), simple table de marbre suppor-tée par un socle rectangulaire. A côté, ancien dra-péau des gardes du corps de la compagnie savoi-sienne.

Le *cloître*, attenant à l'église du côté S., date en partie du xvie s. Dans une des galeries, débris de sculptures et de monuments funéraires recueillis dans les décombres, lors de la restauration de l'édi-fice. — Des fenêtres du monastère (on ne le visite pas) et des terrasses qui l'entourent, on découvre une vue magnifique sur le lac du Bourget et les montagnes des Beauges. — Dans le corps de bâti-ment à dr. du portail de l'église, appartements dé-labrés des rois de Sardaigne.

Près de Hautecombe, *tour* ou phare *de Gessens*, du haut de laquelle on embrasse le lac dans toute son étendue. — A 15 min. plus haut, sous un bouquet de marronniers, *fontaine* intermittente *des Mer-veilles*. — A 20 min. au delà de l'abbaye, sur les bords du lac, anfractuosité de rochers appelée *grotte de Raphaël* par les admirateurs de Lamartine.

Des sentiers de piétons conduisent de Hautecombe à la route de France et à Bourdeau (*V*. ci-dessous).

Après avoir quitté Hautecombe, on longe à dr. la base de hauteurs abruptes au sommet desquelles apparaît la chapelle Blanche (*V.* p. 80), puis elles s'abaissent vers le v. de Bourdeau, dominé par la Dent du Chat.

Le v. de *Bourdeau* (154 hab.; dans l'église, ancienne litre funèbre; papeterie) s'étend au S., sur un petit plateau d'où l'on peut gagner la route de France et faire l'ascension de la Dent du Chat.

Le **château de Bourdeau** (1 h. du port de Cornin, 1 h. 15 du port de Puer) est situé à plus de 300 mèt. d'alt., dans une des positions les plus pittoresques des environs d'Aix, sur un des escarpements à pic de la rive O. du lac du Bourget, presque en face du v. de Tresserve. Fondé au IXᵉ s., mais souvent reconstruit depuis, il a conservé quelques parties anciennes. C'était autrefois le rendez-vous de chasse des princes de la maison de Savoie. Vers la fin du XVIᵉ s., on y établit, dit Montaigne, une manufacture d'armes où se faisaient « des espées de grand bruit. » Le château de Bourdeau servait à relier, comme point de défense, le château du Bourget, situé au midi, à celui de Châtillon. Des sentiers pittoresques mènent du bord du lac dans les jardins et sur les terrasses (beaux points de vue).

Pour jouir du site de Bourdeau dans son ensemble, il faut, avant d'arriver ou de partir, se faire conduire pendant quelques min., le long du lac, jusqu'au petit *golfe des Pêcheurs.*

Au delà de Bourdeau, on atteint rapidement l'extrémité S. du lac, dans lequel la Leysse débouche près du v. du Bourget.

Le Bourget (1550 hab.) est à 40 min. en bateau du port de Cornin, et à 1 h. d'Aix en voiture. En venant du port de débarquement au village, on voit s'ouvrir à dr. une ruelle conduisant au pont de la Leysse, où l'on découvre, entre la rivière et le lac, les ruines imposantes de l'**ancien château**, bâti en 1248, remanié à l'époque de la Renaissance, et qui fut jusqu'au xvıᵉ s. une des résidences favorites des princes de la maison de Savoie.

L'église (dans la Grande-Rue à g., au delà du château moderne) est un édifice du style de transition, mais remanié, surtout à l'extérieur, au xvᵉ s., et enfin *orné* de nervures et de membres d'architecture simulés par cette école de prétendus artistes milanais qui, depuis le commencement de ce siècle, ont défiguré presque toutes les églises de la Savoie. Le tympan de la porte principale, qui donne entrée du porche dans l'intérieur de l'église, offre une intéressante sculpture sur pierre remontant au xvᵉ s. et représentant la sainte Vierge assise avec l'Enfant Jésus.

A l'intérieur, nombreux signes héraldiques, armes de la famille de Luyrieux, et anciennes verrières. Au-dessus des chapiteaux portant la retombée des arcs du chevet, des masques grotesques semblent des *corbeaux* de l'époque romane. Autour du chœur, de charmantes sculptures sur pierre exécutées au xıııᵉ s. en haut relief, représentant les principaux faits de la vie du Christ, sont appliquées contre le mur du chevet; elles forment une sorte de frise composée de morceaux enlevés à l'ancien jubé.

Sous le chœur, une *crypte* (on y voit une inscription antique encastrée dans un des murs) à trois nefs, s'appuyant sur six lourds piliers et terminée par deux absides en cul-de-four, renferme des pierres passant, à tort ou à raison, pour des autels antiques et dont l'une aurait servi à recevoir le sang des victimes immolées aux dieux païens.

« L'église du Bourget dépendait autrefois d'un prieuré de l'ordre de Cluny, fondé vers le milieu du xie s. et dont il reste quelques débris dans la maison qui fait suite à l'église, à g. de la rue, et en particulier une des galeries du **cloître**. Ce cloître avait été reconstruit vers le milieu du xve s., par le prieur Odon de Luyrieux, qui a prodigué partout la représentation de ses armoiries. Il avait deux étages. Le premier étage contient des fragments d'architecture antérieurs à ceux qui composent le rez-de-chaussée ; ce sont des colonnes qui supportent les arcs découpés en trèfles. A l'extrémité du cloître, dans une gracieuse arcade du xiiie s. qui servait de communication avec l'église, ont été utilisées des colonnettes ou des fragments de colonnettes en marbres blanc et de couleur, qui paraissent antiques. » (Courajod.)

Dans les montagnes qui dominent le village du Bourget à l'O., existent des gisements de fer, de cuivre, de zinc et de plomb sulfuré.

Pour revenir au port de Puer, on longe à dr. la colline de Tresserves, au bas de laquelle est le château de Bonport (*V.* p. 62).

De Hautecombe à la route de France. — Grateloup.

4 h. 1/2 à 5 h. d'Aix, aller et retour. — Promenade recommandée.

On se fait conduire en bateau à Hautecombe, d'où l'on envoie le bateau stationner à Bourdeau. Du port de Hautecombe, on monte à g., par un sentier, sur un petit plateau qui s'étend à mi-côte du mont du Chat, entre les escarpements inférieurs et la crête de la montagne. Un chemin, tracé au milieu des bois et des prairies, traverse ce plateau du N. au S., en passant par les ham. *Communal*, du *Petit* et du *Grand-Villard*.

6 kil. de Hautecombe. **Chapelle Blanche** ou de *Notre-Dame de l'Étoile*, sur les bords d'un rocher (605 mèt. d'alt.) qui domine à pic le lac du Bourget. Derrière cette chapelle se groupent quelques maisons de la com. de *la Chapelle-du-Mont-du-Chat* (250 hab.).

15 min. plus loin, on **arrive au hameau de Grateloup**, près duquel on rejoint la route de France. On peut monter en quelques min. au point culminant de cette route ou col du Mont-du-Chat et descendre ensuite en 20 ou 30 min. à Bourdeau, où l'on retrouve le bateau qui ramène au port de Puer ou au port de Cornin.

On pourrait aussi faire l'excursion dans le sens opposé et monter à Grateloup et à la Chapelle

Blanche par Bourdeau ; mais, de ce côté, l'ascension est plus fatigante.

La Dent du Chat.

Ascension en 3 h. 30. — Voit. publique jusqu'au col 3 fois par semaine (*V. Renseignements pratiques*).

L'itinéraire le plus commode pour monter à la Dent du Chat est le suivant : on se rend en voiture (30 min.) d'Aix au Bourget par la route qui côtoie le lac, puis on suit le bon chemin forestier (praticable aux mulets) qui mène en 3 h. de ce village au sommet. A 45 min. de la cime, la section de Chambéry du Club Alpin Français a fait construire une *baraque-abri*, à côté d'une source. Le chemin du Bourget à la Dent du Chat, comme ceux qui montent des ham. de la Serraz et de *Barbiset* soit à la Dent, soit à la crête de l'Épine ou à *Château-Richard* (1365 mèt.), extrémité S. du mont du Chat, sont munis de poteaux indicateurs qui permettent do faire l'ascension sans guide.

Les touristes qui montent de Bourdeau peuvent aller en voiture jusqu'au *col du Mont-du-Chat*, par la route de Lyon à Chambéry, dite route de France, qui a remplacé une voie romaine. C'est par le col du Mont-du-Chat que Deluc, s'appuyant sur la description de Polybe, prétend qu'Annibal entra dans les Alpes, l'an 217 av. J.-C., 534 de la fondation de Rome. Après avoir côtoyé la rive g. du Rhône depuis Saint-Genix-d'Aoste, il vint camper à Saint-

Paul-sur-Yenne, avec son armée composée de 32 000 fantassins, 8000 cavaliers et 30 éléphants. Plus tard, au temps de la domination romaine sur les Gaules, ce passage devint une des voies les plus fréquentées des Alpes Cottiennes. En 45 min. on atteint, au delà du ham. de Grateloup (à dr.), le point culminant du passage, le *col* (638 mèt.; vue magnifique), où l'on a retrouvé les fondations d'un temple antique. A ce point culminant, on voit, au delà du champ cultivé, sur le flanc de la montagne, un chemin qui en 35 min. conduit, au-dessus de la première dent, à une ravissante prairie. A l'angle S.-E. de cette prairie, commence le chemin du garde, qui conduit au sommet de la Dent du Chat en contournant toutes les dents qui se dressent au-dessous d'elle, et offre alternativement la vue la plus étendue sur les deux versants de la montagne. Ce chemin, peu fréquenté, est plus court et moins pénible que celui de *la Vacherie*.

Si l'on suit ce dernier, il faut, à partir du point culminant du passage (*V.* ci–dessus), redescendre pendant 15 min. sur la route de poste (qui va passer près des *lacs de Chevelu* avant d'atteindre Yenne), puis la quitter pour prendre à g. un sentier conduisant en 20 min. à l'aub. *Héritier*, près de laquelle on trouve un bois sillonné d'éboulements. 15 min. plus loin, le chemin, à peine tracé, difficile même, gravit un de ces éboulements, le *ravin des Charbottes*. Il faut faire usage des mains et des arbustes pour s'aider. En 30 min. on s'élève ainsi sur la crête des rochers nus qui dominent le col du Mont-du-Chat

et à travers lesquels un sentier pénible mène en
30 min. au pied de la **Dent du Chat** proprement
dite, pyramide haute de 1400 mèt. On contourne
cette pyramide du côté du lac, avant de pouvoir
deviner par où on l'escaladera. Des assises de pierre,
où la sous-section alpiniste de Chambéry a fait
établir des rampes en fer, permettent toutefois d'y
monter sans danger. La plate-forme, longue de 17
mèt. sur 6 de largeur, est à pic de tous les côtés.
Mais la vue qu'on y découvre, beaucoup plus belle
du côté des Alpes que du côté de la France, dédom-
mage amplement des difficultés de la montée.

Selon Rochex, le nom de mont du Chat provient
du mot *Caturigus*, dérivé de celui des premiers
peuples qui habitèrent l'Allobrogie et appelés Catu-
riges. C'est, de toutes les étymologies proposées. la
plus acceptable.

On peut descendre en 2 h. du sommet de la Dent
du Chat à Bourdeau.

Château de Châtillon.

16 k. par le chemin de fer (on va jusqu'à la station de
    Chindrieux) ou par la route de voitures. 4 h. pour aller
    et venir en bateau.

La route de voit. tracée sur le bord du lac, à la
base des montagnes de Saint-Innocent, de Gigot ou
de Corsuet, est beaucoup trop exposée au soleil. Le
chemin de fer, qui longe aussi le lac et côtoie cette
route, soit à dr., soit à g., présente les mêmes points
de vue sans offrir les mêmes inconvénients, grâce

au peu de durée du trajet. Nous en indiquerons brièvement les travaux d'art, que l'on aperçoit très bien du lac quand on fait l'excursion en bateau.

Après avoir laissé à dr. la ligne d'Annecy, le chemin de fer d'Aix à Culoz franchit le Siéroz, croise le chemin du port de Puer, et se rapproche du lac. A dr., colline de Saint-Innocent, couverte de maisons de campagne. Au loin, en avant sur la g., Hautecombe; plus loin encore, à l'extrémité N. du lac, Châtillon et son château. On dépasse successivement (à dr.) Saint-Innocent et Grésine (*V*. p. 65). Le *tunnel* courbe *de Saint-Innocent* (160 mèt. de longueur) précède la *chaussée* gigantesque *de Grésine*, sur laquelle on franchit la baie de ce nom. Après avoir croisé la route de terre, on pénètre dans le *tunnel de la Colombière* (1300 mèt.). Les deux autres sont ceux de *Brison* (300 mèt.) et du *Grand-Rocher* (240 mèt.). Quand on a dépassé le dernier tunnel, on croise une dernière fois la route, et, décrivant une courbe sur la g., on franchit un ruisseau avant de s'arrêter à la station de (16 kil.) *Chindrieux*, com. dont le ch.-l. est à 2 kil. plus au N. Le **château de Châtillon** (à g. de la voie), qui fut le berceau du pape Célestin IV (fin du xIII° s.), couronne au S. du village un mamelon isolé (vue étendue).

Montagne Gigot.

4 h. aller et retour. — Excursion qu'il faut faire le matin, par un temps frais.

On suit la route de Genève jusqu'au (30 min.) pont

du Siéroz, que l'on traverse et à quelques pas duquel on prend à g. (au N.-O.) un sentier qui monte, par la ferme Gigot, jusqu'au point culminant (817 mèt.) de la **montagne de Corsuet** ou **Gigot** appelé *Croix de la Biolle* ou *Croix de Meyrieux*. L'extrémité N. de la montagne, qui domine Saint-Germain, atteint 842 mèt. De la Croix de la Biolle (2 h. à 2 h. 30 d'Aix), on découvre un magnifique panorama, surtout du côté du S. Dans la montagne de Corsuet, au-dessus de *Savigny*, est la *Grande-Barme*, grotte où ont été trouvés divers objets préhistoriques, déposés au musée d'Aix. On peut descendre à Aix par le château de Saint-Innocent.

La Chambotte.

La Chambotte est un chalet-restaurant, construit en 1883-1884 à l'extrémité de la montagne Gigot, sur le point le plus élevé du massif séparant le lac du Bourget de la vallée d'Albens, sur lesquels on y découvre une belle vue. Le panorama comprend aussi Culoz, Belley, le Haut-Bugey, etc.

On va à la Chambotte soit en voiture (1 h. 45) par la route d'Annecy, la Biolle et le chemin de Saint-Germain; soit en chemin de fer, par la station d'Albens (départ d'Aix à 8 h. du matin), d'où part à 8 h. 40 un omnibus qui y revient à 5 h. 30.

Val de Fier.

Pour se rendre au Val de Fier, il faut prendre le

chemin de fer d'Annecy jusqu'à (21 kil.) la station de *Rumilly*, V. de 4009 hab., ancienne capitale de l'Albanais, située au confluent du Chéran et de la Néphaz. A dr. de la gare de Rumilly, près du Chéran et à l'extrémité d'une belle avenue de platanes, on aperçoit la chapelle de *Notre-Dame de l'Aumône* (xiii° s.). A côté du sanctuaire primitif, a été construite en 1863 une belle chapelle ogivale (statue miraculeuse ; beaux vitraux ; tableaux de Mme Dauvert, d'après Pietre de Cortone ; tombeau de dom Juste Guérin, évêque et prince de Genève au xvii° s.).

Le **Val de Fier** (13 kil. de Rumilly à l'extrémité O. du Val, 17 jusqu'à Seyssel, 27 kil. jusqu'à Culoz; bonne route de voitures), qu'il ne faut pas confondre avec les gorges et les galeries du même nom, voisinés de la station de Lovagny (*V.* p. 88), s'ouvre au v. de Saint-André, à 9 kil. N.-O. de Rumilly. « C'est, dit M. le baron Raverat, une gorge étroitement encaissée, par laquelle le torrent du Fier emmène tumultueusement au Rhône les eaux du lac d'Annecy et de toutes les montagnes qui forment le bassin de cette partie de la Savoie. »

Après avoir longé le chemin de fer et franchi le Fier à 2 kil. 1/2 de Rumilly, sur le *pont Mottet*, la route du Val de Fier, construite sur l'emplacement d'une voie romaine, laisse à dr., 2 kil. plus loin (4 kil. 1/2), la route de Frangy et traverse *Vallières* (873 hab.). De la montée qui précède ce village, on peut, quand le temps est beau, admirer dans toute sa splendeur la cime du Mont-Blanc. A 1 kil. de Vallières, on croise la Morge, affluent du Fier.

7 kil. de Rumilly. *Sion*, 311 hab., en face duquel,
sur l'autre rive du Fier, se montrent *Lornay* (456

Le Val de Fier.

hab.) et son *château* restauré, et, plus au **S.**, le
vieux castel de *la Palud.*

9 kil. *Saint-André*, 282 hab. (source sulfureuse).

Entre les deux villages, la route franchit l'Urzeron, un peu au-dessus de son confluent avec le Fier. A Saint-André commence la partie vraiment intéressante de l'excursion. La route s'engage dans les *Bagnes* du Fier. « Deux hautes et immenses montagnes, aux flancs boisés, dit M. F. Descotes, forment les deux versants du défilé. La route, bordée de parapets, est taillée à pic dans les rochers qui la surplombent, tandis que le torrent gronde à une profondeur vertigineuse au-dessous.

« Les principales curiosités du Val de Fier, en allant de Rumilly à Seyssel, c'est-à-dire en suivant le cours du Fier, sont : le *pont de Saint-André* et la source ferrugineuse qui sourd près-des culées de ce pont, sur la rive g.; — le *pont Navet*, pont naturel formé de deux rochers qui s'arc-boutent sur le gouffre; — l'*autel des Sacrifices*, éminence qui s'élève vers le milieu du Val et où, d'après la tradition, se trouvait un temple consacré au dieu Mars; — la *chambre de la Dame*, entourée de murailles au bord même du Fier, habitation d'une fée malfaisante, suivant la légende; — les débris des magnifiques murs qui supportaient la voie romaine; — les deux *tunnels* (32 mèt. et 114 mèt. de longueur) et enfin les *portes du Fier*, sortie du défilé du côté de Seyssel.

De la sortie du Val de Fier, on peut gagner soit (à dr., 4 kil.) Seyssel, soit (14 kil. à g.) Culoz par la route de la Chautagne, qu'on laisse ensuite à g., au-dessous de Ruffieux, pour traverser le Rhône sur un beau pont près de Culoz. De Culoz ou de Seyssel, on regagne Aix en chemin de fer.

Gorges du Fier.

L'excursion des gorges du Fier se fait par (34 kil.) Lovagny, dernière station du chemin de fer d'Aix à

Galerie des Gorges du Fier.

Annecy avant cette dernière ville. Au sortir de la station de Lovagny, on se trouve dans une belle prairie, dite le *Pré du Seigneur*, d'où l'on aperçoit à l'E., au delà d'Annecy, les montagnes du Parmelan et de la Tournette, et, près du chemin de fer, l'établissement de la Société française pour l'exploitation des asphaltes de Lovagny. A côté de la gare, chalet-hôtel-restaurant de Lovagny. Un écriteau indique le sentier des galeries du Fier, éloignées de 400 mèt. vers l'O.

Près du *pont des Liasses*, au-dessous duquel le Fier coule à une profondeur mystérieuse, on entre dans le *bois du Poëte*, où commence, près du *chalet-restaurant des Gorges*, la partie la plus curieuse du défilé rocheux traversé par le torrent.

C'est au chalet des Gorges (bureau télégraphique) qu'il faut prendre les billets qui donnent droit à la visite des galeries (1 fr. par personne).

Le Fier prend sa source au mont Charvin, passe à Manigod, à Thônes, à St-Clair, et reçoit l'écoulement du lac d'Annecy par le canal de Thioux. Après avoir arrosé Cran et contourné la colline de Brossilly, il s'étend dans le Pré du Seigneur, entre le bois du Poëte (rive g.) et la colline que couronne (rive dr.) le château de Montrottier. Ses belles eaux, d'un bleu verdâtre, coulent avec lenteur sur un lit large et peu profond, jusqu'à une paroi de rochers haute de 90 mèt., qui semble lui barrer le passage. C'est dans cette paroi qu'il a fini par se creuser un canal long de 250 mèt., d'une largeur variant de 4 à 10 mèt., presque droite, mais dont les parois abruptes présentent les formes les plus variées.

Avant l'année 1869, aucun être humain n'avait osé pénétrer dans les *Abîmes du Fier*. Maintenant on s'y promène en toute sécurité, sur un pont latéral ca **galerie**, établie en 1869, sous la direction de M. l'architecte Marius Vallin, le long de la paroi, à

27 mèt. environ au-dessus des basses eaux, mais à 1 mèt. à peine au-dessus des hautes eaux, car le Fier y monte de 26 mèt. en 6 h. Longue de 256 mèt., cette galerie est garnie d'un garde-corps en fer, haut de 1 mèt.

A dr. et à g. du *portail*, qui donne accès dans la gorge, on remarque dans le roc des échancrures régulières et parallèles, qui ont été attribuées aux Romains. Un passage resserré (le *Détroit*), inclinant brusquement à g., conduit au *Vestibule*, bassin formant un ovale irrégulier. On remarque ensuite le *frêne de Blondin*, arbre couché d'un bord à l'autre du défilé. En se courbant sous les rochers du *Corridor*, on arrive à la partie des gorges dite le *Dôme*. Un siège immense, la *Chaire*, y est creusé dans la pierre. Au delà du *Pont-Verre*, construction du moyen âge, et du *pont Aérien* ou pont du chemin de fer, on remonte vers le bord supérieur des gorges d'où la vue s'arrête sur Chavaroche, Montrottier et les montagnes de Rumilly. A toute heure du jour, le spectacle varie selon les effets de lumière que produit le soleil. Sur certains points, les parois se rapprochent tellement qu'il ne faut pas même étendre les bras pour les toucher. On se lasse d'autant moins d'admirer que l'on jouit, dans ce trajet misouterrain, d'une agréable température (10° de moins qu'à l'extérieur).

En sortant des gorges, on trouve sur la rive g. un sentier conduisant à la *Mer de rochers*, d'un accès aujourd'hui difficile. « Ce sont des amoncellements de rochers, des blocs équilibrés par hasard et

rappelant les dolmens. Ne soyons donc plus étonnés, ajoute M. Alph. Despine (*les Abîmes du Fier*), si la voix populaire leur garde encore le nom de *pierres des Fées*. Une rivière pétrifiée, rien que des pierres, plus d'eau, pas même son murmure... La rivière des Bornes, celles de la vallée de Thônes, le trop-plein du lac d'Annecy, tout est englouti et disparaît sur une longueur de 100 mèt. environ! Au delà, cette masse d'eau reparaît calme, fière et triomphante. »
À l'extrémité de la Mer de rochers, sur la rive g. du Fier, énorme bloc erratique, appelé la *Roche aux Fées* et posé en équilibre sur trois petites pierres.

Des gorges du Fier, on peut aller visiter, en passant sur la rive dr. du torrent par le Pont-Verre, la Fosse et les ruines du château de Montrottier. La *Fosse* de Montrottier, ancien lit du Fier, est une gorge demi-circulaire (800 mèt. de long) qui se déroule comme une verte ceinture au pied du donjon. Les rochers à pic qui l'encadrent sont percés d'excavations profondes attestant le passage des eaux. On y rencontre des grottes verdoyantes, dont l'une porte le nom de *grotte de l'Émigré*.

Du côté de l'E., la Fosse s'élargit, et une rampe conduit au **château de Montrottier**. Suivant MM. Dunant et Philippe, les parties les plus anciennes de ce château remontent au XIV° s.; le corps de logis central aurait été reconstruit au XVI° s. Dans la cour d'honneur, où donne accès une belle porte ogivale et qu'entoure une galerie couverte à deux étages, s'élèvent deux tours : l'une, dite le *pavillon des Religieuses*, démantelée (bel escalier à l'intérieur);

Paris.Hachette et C.ie Editeurs

de Parmelan   4°

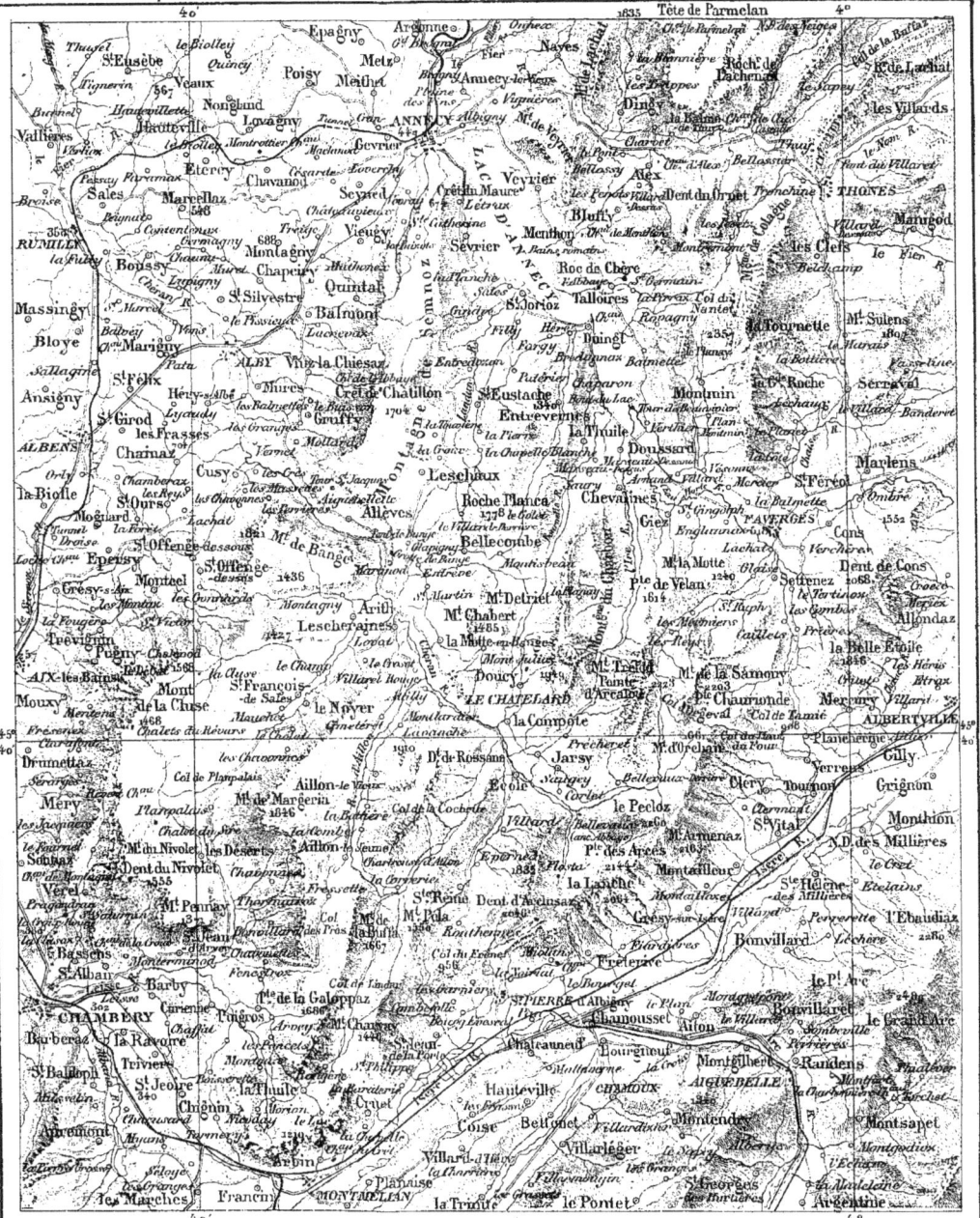

Dressé par A. Vuillemin *d'après la Carte de l'État-major.*   Imp. Fraillery

$$\frac{1}{200.000}$$

à Kil.

1-84

l'autre, la *Grande-Tour* ou donjon, bien conservée. Dans cette dernière on peut visiter la *chambre de l'Alchimiste* et la *prison de la Pucelle*, puis monter sur la plate-forme, entourée de mâchicoulis et de créneaux (belle vue). Dans le corps principal de logis, la salle la plus remarquable est la *salle des Chevaliers* (cheminée et plafond du style de la Renaissance). — De Montrottier, on descend en 10 min. à la gare de Lovagny.

Annecy et lac d'Annecy.

40 kil. — Chemin de fer. — Trajet en 1 h. 22 à 2 h. 27. — 1re cl., 4 fr. 95; 2e cl., 3 fr. 65 ; 3e cl., 2 fr. 65.

Annecy, ch.-l. du départ. de la Haute-Savoie, siège d'un évêché, V. de 11 334 hab., est située à 448 mèt. d'alt., à la base N. du *Crêt du Maure*, premier escarpement du Semnoz, et à l'extrémité du lac dont elle porte le nom, et dont les eaux la traversent par trois canaux appelés *Thioux*, en y mettant en mouvement les roues d'un grand nombre d'usines. Au N. de la ville, la plaine fertile des Fins est entourée de collines couvertes de vignobles et parsemées de villas et de hameaux. Les anciens quartiers d'Annecy sont mal bâtis; un grand nombre de rues sont bordées d'arcades. Les quartiers modernes sont construits dans un style à peu près uniforme.

Après avoir suivi, au sortir de la gare, la *rue Saint-Joseph*, on arrive à l'*hôtel de la Banque de France*, situé à l'angle de la *rue Royale*. En prenant

cette rue à g., on va passer devant le couvent de la
Visitation, dont l'église, reconstruite en 1878 dans
le style italien, possède les corps de saint François
de Sales et de sainte Jeanne de Chantal; et on laisse
à dr., dans la rue Notre-Dame, l'*église Notre-Dame
de Liesse*, reconstruite dans le style classique (*clo-
cher* roman). La rue Royale, continuée par celle *du
Pâquier* (ancienne *maison* de la famille de Sales,
ornée des bustes en pierre des quatre Saisons),
aboutit au canal du Vassé, qu'il faut franchir si l'on
veut gagner la *place du Théâtre* (*théâtre* reconstruit
en 1864), la *promenade du Pâquier* (de l'*allée d'Albigny*, très belle vue sur le lac), le *haras* et la *préfecture*, qui occupe un vaste hôtel construit de 1861
à 1865, dans le style Louis XIII.

Si, arrivé à l'extrémité de la rue du Pâquier, on
tourne à dr. pour côtoyer à g. le canal du Vassé au
lieu de le traverser, on longe à dr. le jardin du
collège Chappuisien, fondé par Eustache Chappuis,
d'Annecy, conseiller de Charles-Quint, puis on débouche sur la *place de l'Hôtel-de-Ville*.

L'*hôtel de ville* (façade décorée de colonnes ioni-
ques), avec cour intérieure entourée de portiques,
renferme un *musée* d'antiquités (plus de 10 000 médailles), des tableaux, des collections d'histoire naturelle, des séries technologiques où l'on suit les
phases de la fabrication des produits industriels,
divers objets préhistoriques trouvés dans le lac,
et une *bibliothèque publique* de 12 000 vol. (auto-
graphes de saint François de Sales, du président
Favre, de Mme de Warens).

Annecy

Derrière l'hôtel de ville, dans une sorte de presqu'île baignée par le lac et deux des canaux qu'il alimente, *jardin public* (belle vue), à l'extrémité duquel est la **statue** *de Berthollet* (né à Talloires),

Annecy : les prisons.

par Marochetti (1843). Les bas-reliefs qui ornent le piédestal de la statue représentent Berthollet : 1° se présentant à Tronchin, à Paris; 2° recevant le duc d'Orléans dans le laboratoire de chimie dont celui-ci lui avait confié la direction; 3° donnant le bras au général en chef Bonaparte devant les pyramides

d'Égypte qu'il contemple; 4° près du lit de son col-
lègue et ami Monge, atteint à Saint-Jean-d'Acre
d'une maladie mortelle. — En avant du jardin public, dans le lac, *île des Cygnes.*

Annecy : les canaux.

Devant l'hôtel de ville s'élèvent une *fontaine* et
la *halle au blé*, qu'avoisinent une caserne et l'*église
Saint-Maurice* (1422-1445; beau maître-autel), qui
dépendait d'un couvent de Dominicains converti en
caserne. Près de Saint-Maurice, restes de l'église du
couvent de la *Grande-Visitation*, le premier monas-

tère de l'ordre qui ait été fondé par saint François de Sales et sainte Jeanne de Chantal.

Traversant le canal du Thiou au S. de l'hôtel de ville, on aperçoit l'*église* moderne *de Saint-Joseph*, derrière laquelle est le *grand séminaire* (1640; chambre qu'habita quelque temps J.-J. Rousseau). En laissant cette église à dr. pour longer la rive S. du lac, on ne tarde pas à apercevoir l'*hôpital*, un des plus beaux édifices d'Annecy, que domine le *château de Trésun*, bâti par Ch.-Aug. de Sales, évêque de Genève et neveu de saint François de Sales (belle vue; galerie de portraits de famille).

De là on revient sur ses pas jusqu'à l'église Saint-Joseph, d'où l'on peut monter, par les *rues des Annonciades* et *Perrière* et par la *rampe* principale *du Château*, à l'ancien **château fort**, converti en caserne et composé de constructions de différentes époques (porte principale de la fin du XIVᵉ s., restaurée; tours à mâchicoulis, corps de logis central et partie inférieure de l'aile N., du XIVᵉ s. aussi; au S., grosse tour de la Reine, restée inachevée; aile principale du XVIᵉ s.).

Après avoir descendu la rampe du Château, pour regagner la rue Perrière (à g., *rue de l'Ile*, continuée par la *rue Sainte-Claire*, où se trouve l'*ancien évêché*, XVIᵉ s.), on croise cette rue pour franchir deux bras des Thioux, qui en cet endroit forment une île renfermant les *anciennes prisons*.

La première rue que l'on rencontre à g. en s'éloignant des quais, la *rue de l'Évêché*, conduit à la *cathédrale*, construite vers 1523, restaurée et peinte à l'intérieur (tableau de Mazzola de Valduggia, re-présentant la Délivrance de saint Pierre) et à l'é-vêché, bel édifice de 1784, restauré aussi depuis l'annexion.

De l'évêché, la *rue des Boucheries* ramène à la rue Royale et de là à la gare.

C'est au pied de la colline d'*Annecy-le-Vieux* (2 kil. 1/2 de la ville) qu'Eugène Sue, exilé de France à la suite des évènements politiques de 1851, fixa sa résidence. C'est là qu'il mourut, le 3 août 1857, dans sa modeste maison de *la Tour*, située à mi-côte, au-dessous du rocher du Talabar.

Il ne faut pas quitter Annecy sans faire en bateau à vapeur (embarcadères sur le canal de Thioux, au S. du jardin public) le **tour du lac** (en 3 h.).

Le **lac d'Annecy** a 14 kil. de longueur, 3 kil. 1/2 dans sa plus grande largeur (de Sévrier à la rive opposée) et 2800 hect. env. de superficie. Sa hauteur moyenne au-dessus du niveau de la mer est de 447 mèt.; sa plus grande profondeur (entre Sévrier et Veyrier), de 62 mèt. Sa température est de 12° à 13° en été, de 3° à 4° en hiver. Il nourrit assez peu de poissons. Pendant certaines saisons de l'année, on rencontre sur le lac et dans les marais qui avoisinent Annecy plusieurs espèces d'oiseaux de passage. La naviga-tion est peu importante; quelques barques trans-portent seulement, suivant les besoins des villages riverains, du plâtre, du bois et du charbon.

« Les rives du lac d'Annecy, couvertes de prairies et de vignobles au milieu desquels sont parsemés de charmants villages et de jolies villas, présentent, dit M. Jules Philippe (*Annecy et ses environs*), un aspect des plus pittoresques.... Le touriste qui entreprend de faire le tour du lac en bateau à vapeur voit tout d'abord, en arrivant au milieu de la rade, se dérouler devant lui un magnifique panorama. La ville se présente sous son aspect le plus pittoresque, dominée par le château, qui apparaît dans toute sa majesté.... »

A dr. s'élèvent la colline de la Puya et le Semnoz; à g. le regard est attiré par la montagne de Veyrier, par le Roc de Chère, qui s'avance en promontoire au S. de Menthon, et surtout par la Tournette. A l'extrémité du lac, les montagnes de Faverges, s'étageant les unes au-dessus des autres, offrent une admirable perspective.

En approchant de la rive dr., on distingue d'abord à mi-côte la maison d'Eugène Sue (*V*. p. 99), puis les ham. de *Chavoires*, au-dessus desquels une maisonnette en ruines porte le nom de J.-J. Rousseau, qui s'y rendait quelquefois pendant les promenades des élèves du séminaire. « La montagne de Veyrier, couronnée par des rocs gigantesques et couverte de vignobles et de hameaux, se présente sous un aspect des plus pittoresques. »

21 min. d'Annecy. *Veyrier*, 692 hab., entouré de noyers magnifiques qui le dérobent à la vue, est situé à 400 ou 500 mèt. de son port, sur la route de terre.

32 min. d'Annecy. **Menthon**, 733 hab., dans un vallon verdoyant, abrité des vents du N. et protégé contre les ardeurs du soleil par de nombreux bou-

Lac d'Annecy et la Tournette.

quets d'arbres. Sur une éminence, au milieu de la
gorge, l'ancien **château** (XIIIᵉ–XVIᵉ s.) des seigneurs
de Menthon, famille puissante du Genevois dont l'o-
rigine paraît remonter au IXᵉ s., a vu naître saint
Bernard de Menthon, fondateur des hospices du
Grand et du Petit Saint–Bernard. La chambre qu'il
habitait a été convertie en oratoire, et l'on montre
la fenêtre par laquelle, suivant la tradition, il s'é-
chappa pour ne point contracter un mariage que ses
parents voulaient lui imposer, et le rocher sur lequel
les pieds du saint sont restés empreints.

En quittant Menthon, on traverse le lac pour gagner, sur la rive O.,

14 min. (46 min. d'Annecy) *Saint–Jorioz*, 1100 hab.

Virant de bord, on regagne la rive E. du lac, et
l'on se rapproche du *Roc de Chère*, promontoire
(634 mèt. d'alt.) qui réduit de plus de moitié la largeur du lac, en face de Saint-Jorioz.

16 min. (1 h. 2 d'Annecy). **Talloires***, 1071 hab.,
agréablement situé au fond d'une petite anse, au
pied d'un coteau couvert de vignobles (belle vue),
jouit presque en toute saison d'une température
aussi douce que celle de Nice, d'Hyères ou de Florence. Le figuier, le laurier, le grenadier, etc., y
passent l'hiver en pleine terre. — L'ancienne **abbaye**
de Bénédictins a été fondée au IXᵉ s. — La *maison*
où est né Berthollet, en 1748, sert de maison
d'école.

Au-dessus de Talloires, sur un rocher, église de
Saint–Germain (pèlerinage), renfermant les reliques
d'un anachorète, qui vécut et mourut dans une *grotte*

voisine, vers l'an 1000 (vue admirable du jardin de l'Ermitage; dans le verger, aubépine qui passe pour être le bâton du saint qui reverdit et fleurit après avoir été planté en cet endroit).

Le bateau traverse une sorte de détroit formé, au

Château de Duingt.

N. par les prairies de Saint-Jorioz et le Roc de Chère, au S. par la Pointe de Duingt et celle d'Angon.

1 h. 11 d'Annecy. **Duingt**, 363 hab., dont le *château*, bâti dans une presqu'île, « au milieu d'un amphithéâtre de terrasses », a remplacé un manoir dont

il subsiste une tour (belvédère moderne). L'intérieur de ce château (appartements décorés dans le style Louis XV) est divisé en deux parties, du S. au N., par un corridor aux deux extrémités duquel s'ouvre une grande fenêtre d'où l'on jouit d'un coup d'œil magnifique. — A 15 min. à l'O. du village, près de la route, l'ancien *château fort d'Héré* ou *de Dérée* (xv° s.), restauré dans son style primitif, est une ancienne forteresse, protégée par des tours et munie de mâchicoulis et de meurtrières.

On longe la rive O. du lac, en passant devant *la Maladière*, maison où M. de Custine a écrit une partie de ses *Mémoires sur la Russie*. Du même côté, hameau de *Bredannaz*.

Sur la rive E., près de la route taillée à la base des rochers, v. des *Balmettes*, entre des ruisseaux formant *cascades*.

1 h. 34 d'Annecy. **Doussard**, 1131 hab. Le bateau s'arrête au port établi au (2 kil. de Doussard) ham. du *Bout-du-Lac* (voit. publiques pour Faverges et Albertville, d'où l'on pourrait revenir à Aix en chemin de fer). Doussard est bâti au pied des montagnes, à l'entrée d'une gorge solitaire, tapissée d'une forêt de hêtres et de sapins gigantesques reliés les uns aux autres par des guirlandes de lianes. C'est la *Combe Noire*, traversée par un torrent et « qui recèle dans son sein des ours de haute taille. »

A l'extrémité S. du lac, entre l'embouchure de l'Ire et celle de l'Eau-Morte, la *tour de Beauvivier* est le seul reste d'un château qui tombait déjà en ruines au commencement du xv° s.

Grotte de Bange.

5 h. 1/2 à 6 h. en voiture, aller et retour. — Route de
voitures jusque près de la grotte. Charmante promenade
en voiture. On ne doit pas se contenter d'aller au moulin
de Prime. Service public 3 fois par semaine (*V. Renseignements pratiques*).

La route dite des Beauges, qui conduit à la grotte
de Bange, se détache de la route de Genève au
pont du Siéroz, au delà de Saint-Simon, croise le
chemin de fer d'Annecy, remonte la rive g. de la rivière et va passer à (5 kil.) Grésy (*V*. p. 67). Au delà
de ce village, la vallée devient une gorge étroite,
appelée *défilé des Combes*, dont on remonte le versant N. après avoir franchi le Siéroz, et qui offre à
chaque contour de la route des paysages gracieux et
pittoresques. On atteint bientôt le *moulin* de la
Verdesse et celui de *Prime* ou *Primaz* (8 kil. d'Aix;
curieux rochers), situé dans la partie la plus intéressante. Au delà de *Lachat*, la route atteint 523 mèt.
d'alt. (Grésy est à 372 mèt.). Les ham. que l'on traverse ensuite dépendent, ainsi que Lachat, de la com.
de *Cusy* (1156 hab.; gisement de bitume), dont le ch.-
l. se montre à g. sur une colline de 557 mèt. (13 kil.
d'Aix env.). Au N., près du ham. des *Crès*, sont les
restes d'un *château* baigné par le Chéran, et autrefois entouré de trois enceintes de murailles dont il
subsiste des débris informes. Le principal débris est
la grande porte appelée *porte de la Ville*. Près de
Cusy se voit aussi le château féodal de *Fésigny*, encore habité par la famille de ce nom.

A 1500 mèt. au delà de Cusy, on atteint le point

culminant (600 mèt.; belle vue) de la route, qui, dominée à dr. par la montagne de Bange (1821 mèt.), domine elle-même à g. un défilé rocheux où le Chéran coule à une grande profondeur, à la base O. du Semnoz, que le torrent sépare de la montagne du Revard. Sur la rive dr., au delà du ham. d'*Aiguebelette*, le petit castel de **Saint-Jacques** a été construit à côté d'un ancien prieuré. Ce prieuré a donné son nom aux trois aiguilles de rochers, les *Tours Saint-Jacques*, qui le commandent au S.

Au-dessous des ruines de Saint-Jacques, est le v. d'*Allèves* (416 hab.; 647 mèt. d'altitude), à partir duquel le Chéran roule des paillettes d'or.

Après avoir laissé à dr. une route conduisant à (3 kil. 600) *Arith* (816 hab.), par la rive g. du Chéran, on franchit le Chéran (19 kil.; 5 kil. de Cusy) sur le **pont de Bange**, qui date de l'époque romaine. La rivière y fait quelques chutes sur des rochers pittoresques. Du pont de Bange, on peut faire l'ascension du Semnoz (*V.* ci-dessous).

C'est à 1 kil. au delà du pont de Bange, au ham. de *Martinod* (aub. *A la grotte de Bange;* belle source faisant marcher une scierie), qu'il faut quitter la route des Beauges ou du Châtelard pour monter à g. jusqu'à la base d'un rocher à pic où s'ouvre, dans le *mont du Cengle*, contrefort S. du Semnoz, la **grotte de Bange**. Deux ouvertures donnent accès dans cette grotte : la plus septentrionale est un vaste vestibule qu'on dirait taillé de main d'homme, tant il est poli et merveilleusement cintré. Mais la galerie qui lui fait suite est fort basse. L'autre ouverture, moins spacieuse, conduit au contraire à une galerie assez vaste. Cette galerie inclinée, sillonnée par d'étroits ruisseaux qui traversent plusieurs bassins, est partiellement obstruée en quelques endroits par d'énormes stalactites. La galerie se rétrécit, puis aboutit à une salle élevée (10 à 12 mèt.) et spacieuse, dans laquelle se trouve un lac. Ce *lac*, dont le niveau est à plus de 66 mèt. au-dessous de l'entrée de la grotte, a une centaine de mèt. de circonférence. Ses eaux vont former la source du Var, qui s'écoule sur le versant E. du Semnoz, et peut-être aussi le ruisseau qui passe vers les ruines du Cengle et se jette dans le Chéran près du pont de l'Eau-Morte.

Habituellement on fixe des bouts de bougie, des chandelles ou des feux de Bengale sur des planches qu'on lance sur le lac : la nappe d'eau et la voûte ainsi éclairées offrent un spectacle assez remarquable. Les touristes imprudents tirent des coups de pistolet pour entendre le bruit formidable de la détonation répercutée dans l'intérieur de la montagne.

A une centaine de mèt. au N. de la grotte s'élevait le château de *Montfalcon-du-Cengle* ou *tour du Fanal*, situé sur un escarpement vertical de rocher; c'était une tour télégraphique, communiquant, au S., avec le château d'Arith et, au N.-O., avec celui de Cusy (*V.* ci-dessus). Le manoir de Cusy donnait le signal à celui de Gruffy, dont les feux parvenaient jusqu'aux tours de Cessens, au N.-E. du lac du Bourget. A côté de la tour du Fanal, s'ouvre une petite grotte où vécut en ermite, au xvᵉ s., le B. Guillaume d'Orlyé.

Les Beauges.

5 h. 30 de marche (28 kil.) d'Aix au Châtelard. — Route
et service de voitures. — Trajet en 4 h. ; prix, 3 fr.

21 kil. d'Aix à Martinod (*V.* p. 105-106).—23 kil.
On rejoint à g. un chemin conduisant d'Annecy au
Châtelard par le col de Leschaux (*V.* ci-dessous), et
l'on franchit le torrent de Leschaux sur (4 h. 30) le
pont de la Charnia. En face on jouit d'une belle
vue sur Lescheraines et le fond de la vallée ; à dr.,
le Chéran coule dans un lit encaissé. Après avoir
laissé à dr. le pont de Lescheraines (*V.* ci-dessous),
on passe au-dessous du village de *la Motte.*

28 kil. (5 h. 30 d'Aix environ). **Le Châtelard,**
ch.-l. de c. de 912 hab., est adossé à une montagne
escarpée, à 762 mèt. d'altit., sur la rive dr. du Chéran. — Ruines d'un *château* féodal sur un rocher
abrupt. En face, du côté du S., se dressent les escarpements de la Rossanne. Au S.-E., la vallée du Chéran remonte vers Bellevaux. Pour aller visiter les
ruines du château, on peut suivre pendant 15 min.
la route de Saint-Pierre-d'Albigny (*V.* ci-dessous),
puis tourner à g., traverser le Chéran et en suivre
la rive dr. jusqu'à un second pont (15 min.), par
lequel on revient sur la rive g., et d'où l'on gagne,
en suivant un sentier ombragé (15 min.; en tout
45 min.), le sommet du rocher. Des ruines, on découvre toutes les Beauges.

Le Châtelard est la capitale du pays des **Beauges,**
plateau d'une élévation moyenne de 992 mèt., traversé du S.-E. au N.-O. par le Chéran, et entouré

d'une enceinte de rochers escarpés, sorte de fortifi-
cation naturelle, dont la Dent du Nivolet est comme
le bastion le plus avancé. Les Beauges comprennent
13 com., renfermant 10 000 hab.

« Ce pays, qu'on pourrait appeler la Laconie de
la Savoie, dit M. le comte de Résie, a cinq lieues de
long (20 kil. environ) sur trois de large (12 kil.); le
sol, de nature argilo-calcaire, est coupé par des
monts et des coteaux couverts de sapins et de hêtres,
et par des vallons qui fournissent d'excellents pâturages. Ces montagnes ont tiré leur nom de l'ancienne désignation latine *Boviliar*, pays de bestiaux;
elles en nourrissent un grand nombre et l'on y fait
de bons fromages, nommés *vacherins*. On y récolte
une petite quantité de seigle, d'avoine et d'orge,
mais on y cultive avec succès la pomme de terre. »

Le Semnoz.

Des voitures (7 fr. 50 par personne) font 3 fois par semaine
le trajet entre Aix et Annecy par la grotte de Bange et
Leschaux. De Leschaux on monte (à pied ou à âne; un
âne, 5 fr.) coucher au Semnoz, et le lendemain matin on
descend à Leschaux reprendre la voiture pour Annecy. On
peut à Annecy prendre le bateau qui fait le tour du lac et
revenir par le chemin de fer dîner à Aix.

En 1884, grâce à l'initiative de M. Marius Vallin, architecte, créateur des galeries des gorges du Fier, une société
s'est formée dans le but de créer sur le Semnoz un chemin
de fer funiculaire analogue à celui du Rigi. Ce chemin aura
son origine au ham. de la Touvière, com. de Leschaux.
Long de 1222 mèt., il s'élèvera sur les flancs de la montagne avec une pente de 345 millim. par mèt., pour ra-

cheter la différence de niveau (453 mèt.) entre la gare de
départ (900 mèt. d'altit.) et la gare d'arrivée, dite du
Mont-Blanc (1353 mèt.). Une crémaillère adaptée au rail
central assurera la sécurité absolue des excursionnistes.
La durée de l'ascension sera de 20 min. environ.

Le **Semnoz**, montagne entrecoupée de pâturages
et de bois de sapins, et dont la base s'étend du N.
au S., sur une longueur de 20 kil. environ, d'Annecy
au confluent de la Charnia et du Chéran, dresse sa
cime principale, le *Crêt de Châtillon* (1704 mèt.), au
N.-O. de Leschaux. La montée est assez rude depuis ce village; mais c'est le chemin qu'il faut suivre de préférence, les sentiers qui viennent directement d'Annecy, ou d'Allèves sur la route d'Aix au
Châtelard, étant mal tracés, difficiles à trouver. Un
hôtel-chalet a été construit au-dessous du sommet.
De ce sommet (croix et kiosque renfermant un indi-
cateur de montagne), surnommé le Rigi de la Savoie, on découvre un panorama des plus étendus,
comprenant le Dauphiné, l'Isère, la chaîne des
Alpes, les lacs de la Savoie et de la Suisse, le
Mont-Blanc.

C'est à la base S. du Semnoz que s'ouvre la
grotte de Bange (*V.* p. 106), que l'on peut visiter le
même jour, en descendant, en 2 h. 1/2, au pont de
Bange, par le chalet de François Degaud et un
amas de cabanes appelées *Foglie*. — Le versant E.
du Semnoz, s'abaissant insensiblement, laisse voir
l'entrée de la vallée des Beauges. Les flancs de la
montagne sont parsemés de blocs erratiques.

On peut aller du Semnoz à Annecy en 5 h par un

sentier difficile à trouver sans guide dans la traversée de la forêt (grande quantité de fraises et de framboises), mais non dangereux, qui traverse le hameau des *Puisots*.

Le Grand-Revard et la Dent du Nivolet.

5 h. à la montée pour le Grand-Revard, 3 h. 1/2 à la descente (excursion très recommandée); bon chemin de mulets, construit à l'aide d'une souscription ouverte par la section d'Aix du Club Alpin Français. — 12 h. environ pour la Dent du Nivolet, aller et retour.

Quand on contemple d'Aix–les-Bains la grande chaîne calcaire qui s'élève à l'E. de cette ville, elle semble infranchissable. Sur la carte de l'État-major français, cette chaîne qui, du Signal le Débat (dominant Pugny) à la Dent du Nivolet (dominant Chambéry), n'a pas moins de 10 kil., porte les noms de *montagnes de la Cluse* et de *Grand–Revard* au-dessus d'Aix, *montagnes des Ramées* et *Dent du Nivolet*. Son altitude varie de 1407 mèt. à 1568 mèt. (le *Signal du Débat*). Une autre sommité, voisine du chalet du Sire, a 1566 mèt. De tous les points culminants de cette crête on découvre de magnifiques perspectives; mais le panorama du Revard et celui de la Dent du Nivolet doivent être préférés à tous les autres.

Pour monter au Grand-Revard, il faut d'abord se rendre, par Mouxy (*V.* ci-dessus) et (50 min. d'Aix) le ham. de *Mentens* (526 mèt. d'alt.), à (25 min.) la *châtaigneraie-Joanne* (677 mèt.). C'est là que commence

le nouveau chemin (rampes de 8 à 15 cent. par
mèt.), véritable allée de parc, tracée tantôt au milieu
des taillis, tantôt à l'ombre des mélèzes et des sapins, tantôt en encorbellement au-dessus de précipi-
ces. De distance en distance ont été disposés des
poteaux indicateurs et des bancs.

15 min. *Pré du Crevé*(1821 mèt.), non loin duquel
une source jaillit sur le bord du chemin. — 1 h.
Rebollion (1087 mèt.). — Le chemin, taillé en cor-
niche dans le roc, s'élève, en 5 ou 6 lacets, par
(30 min.) la *baraque-abri du Pertuiset* (1224 mèt.),
au (30 min.) sommet du *Pertuiset* (1403 mèt.).

C'est au Pertuiset que se termine l'ascension proprement dite. Là commence une promenade ravissante sur un vaste et riant plateau tapissé d'une
herbe épaisse et, il y a quelques années encore,
planté de sapins séculaires. Bientôt (15 min.) on
arrive à une source (1401 mèt.) qui jaillit dans une
combe sauvage.

45 min. *Chalets du Revard* (1475 mèt.), un peu au
delà desquels se trouve une fontaine (on peut y déjeuner) d'où l'on a une très belle vue.

30 min. (5 h. d'Aix). Sommet du **Grand-Revard**
(1545 mèt.), d'où l'on a un admirable panorama sur
les grandes Alpes, le Mont–Blanc, les montagnes du
Jura, des bassins de Chambéry, d'Aix, de Rumilly.

On peut revenir à Aix soit par le *Trou de la Pierre*
(chemin escarpé), soit par la Cluse. Dans ce dernier
cas, on se dirige au S.-E. (appuyer à dr.) en descendant vers (1 h.) des chalets (belle fontaine), puis
contournant le beau défilé de *la Cluse*, on atteint

(1 h. 50) un sentier dit le *chemin du garde*, charmant, ombragé, continuellement à niveau, d'où l'on découvre un immense horizon. Ce sentier va aboutir à (2 h. 1/2) un chemin pierreux en pente douce conduisant à (3 h. 15) *Trévignin*, d'où l'on regagne en 50 min. (4 h. 5 du sommet du Grand-Revard) Aix-les-Bains.

Pour aller à la Dent du Nivolet, on doit, arrivé à la source du Pertuiset (*V.* ci-dessus), tourner à dr. ou au S. (au lieu de prendre la direction de g. ou du N. qui est celle du Revard), pour aller déboucher dans les vastes prairies de *la Corna*. — 30 min. *Chalets d'Orionde* ou *de la Gorna*, d'où l'on découvre déjà une foule de montagnes.

Le sentier monte et descend tour à tour sur les pâturages des *Ramées* jusqu'au *chalet du Sire*, situé dans une sorte de petit col, au-dessus d'un précipice et dans le voisinage de deux sources. A partir de ce point, on continue de se diriger au S. sur une pente hérissée de broussailles et de rochers, où la marche est difficile, et l'on dépasse une *barme* ou grotte, puis une glacière.

De la **Dent du Nivolet** (2 h. environ du Pertuiset), qui termine à l'O. le vaste plateau des Beauges et que surmonte une croix monumentale, on jouit d'un admirable panorama.

Si de la Dent du Nivolet on ne veut pas revenir à Aix par le même chemin, on peut redescendre en 1 h. 45 aux *Déserts*, et des Déserts en 3 h. à Chambéry par la route des Beauges.

N. B. — Comme on ne trouve pas de voiture aux Déserts, on devra avoir le soin, si l'on veut revenir par

Chambéry, de faire commander la veille, à l'un des hôtels une voiture qui attendra aux Déserts.

Chapelle de Saint-Saturnin.

6 h. environ, aller et retour ; 5 h. en revenant par Sonnaz

1 h. 15. Église de Clarafond (*V.* ci-dessus).

Laissant à g. le chemin de Mouxy, on se dirige au S., à la base de la chaîne calcaire, par une route ombragée qui laisse à g. le ham. de *Sérarges*, le château *Revert*, le v. de *Méry* et le château de *Montagny*. Quand on a dépassé la Dent du Nivolet, on laisse à dr. la route de Chambéry pour monter à g., le long d'un ruisseau, dans une gorge plantée de vignes et de noyers et dominée par d'assez beaux rochers. — 10 min. On atteint les débris d'une muraille près de laquelle se trouve la **chapelle de Saint-Saturnin**, ombragée de noyers. On ne serait pas récompensé de sa peine si l'on ne dépassait pas de 5 ou 6 min. cette chapelle pour admirer la vue que l'on découvre de ce point.

Pour ne pas revenir à Aix par le même chemin, on peut gagner la route de Chambéry par Sonnaz (45 min. de Saint-Saturnin ; 1 h. 30 d'Aix). On peut aussi gagner (1 h. 15) Chambéry par (45 min.) Bassens.

Chambéry.

14 kil. — Chemin de fer. — Trajet en 21 à 49 min. — 1ʳᵉ cl., 1 fr. 85 ; 2ᵉ cl., 1 fr. 35 ; 3ᵉ cl., 95 c. — Billets d'aller et retour dans les trains ordinaires : 2 fr. 50, 1 fr. 85, 1 fr. 30.

Chambéry, autrefois la capitale du duché de Sa-

La vallée de Chambéry et la chaîne des Alpes.

voie et le ch.-l. de la province de la Savoie Propre,
aujourd'hui ch.-l. du départ. de la Savoie, est une
ville de 19 622 hab., située à 269 mèt. d'altit., dans
une riante et fertile vallée. Elle est baignée au N,
par la Leysse, torrent impétueux qui y cause parfois
de grands ravages. Une autre petite rivière, l'Al-
bane, traverse la ville par des canaux souterrains.
La fontaine Saint-Martin et la fontaine du faubourg
Mâché fournissent aux habitants une eau claire et
salubre.

Chambéry a bien la physionomie d'une capitale
déchue ; ses rues, souvent irrégulières, mais bordées
de beaux magasins, sont calmes et silencieuses. De
la gare on se dirige, par la *rue Neuve de la Boisse*,
vers la Leysse, que l'on franchit pour gagner le
boulevard de la Colonne. Entre ce boulevard et la
rivière, à g., s'élèvent l'*hôtel-Dieu* et l'*hospice de
la Charité;* à dr., l'*église Notre-Dame*, du style
dorique (1636) ; dans le chœur, revêtu de marbre,
bons tableaux et statue de la Vierge en marbre
blanc; chaire en marbre.

Le boulevard de la Colonne est séparé de celui du
Théâtre par la **fontaine des Éléphants**, d'un goût
contestable, érigée par la reconnaissance publique,
d'après les dessins **de Sappey**, de Grenoble, au général de Boigne, dont elle porte la *statue*. Du piédestal massif de la colonne sortent quatre têtes d'éléphants qui jettent l'eau par leurs trompes. De Boigne, entré au service de la Compagnie des Indes en
1777, fit sa fortune au service de Méhadaji-Sindiah,
roi des Mahrattes, qu'il éleva à un haut degré de

puissance. En 1796, il revint dans sa patrie avec une fortune évaluée à 15 millions, et il employa une partie de ses richesses à la création d'établissements charitables. Il est mort en 1830.

Sur le boulevard du Théâtre s'élève le *théâtre*, qui est à l'intérieur (1200 places) l'un des plus élégants et des plus riches de la France. La toile, qui est fort belle et qui représente la *Descente d'Orphée aux Enfers*, est due à un peintre italien. Le théâtre renferme aussi une salle de concert et de bal, décorée avec goût.

Les boulevards de la Colonne, du Théâtre, bordés d'une double rangée de platanes, et celui *de la Grenette* ont été ouverts sur l'emplacement qu'occupaient autrefois les remparts (tours à demi rasées).

En face de la fontaine des Éléphants, à dr., s'ouvre la **rue de Boigne**, en partie bordée d'arcades. En suivant cette voie, la deuxième rue que l'on rencontre à g. conduit à la cathédrale; la deuxième à dr., à l'hôtel de ville.

La **Cathédrale,** commencée au xiv° s., fut achevée en 1430 ; portail ogival (1506), autrefois décoré de statues. Dans l'intérieur, composé d'une grande nef et de deux bas-côtés, vitraux modernes. En entrant, à dr. *tombeau* du président Favre, et, du côté opposé, *baptistère* en marbre blanc. Derrière le chœur, fresques maltraitées par le temps. Dans le bas-côté de dr., contre le chœur, modeste tombeau du cardinal Billiet, archevêque de Chambéry, mort le 30 avril 1873. Belles orgues. Sous l'édifice, curieuse *crypte*, que l'on croit antérieure au xi° s.

L'*hôtel de ville* a été bâti sur les plans de M. Pellegrini (à l'intérieur, buste en marbre du général de Boigne, par Spalla).

Après avoir croisé la large rue ou *place Saint-Léger*, la rue de Boigne aboutit au **Château** (sur une éminence qui domine la ville). Fondé en 1232, détruit par plusieurs incendies successifs, restauré au commencement du siècle actuel et agrandi il y a quelques années, il servait de résidence au gouverneur; la préfecture y est installée, ainsi que la résidence du général commandant la subdivision, le conseil général (dont la grande salle, œuvre de l'architecte Dénarié, est fort belle), le musée départemental, l'Académie de Savoie et la Société médicale. De l'ancien château, il reste une grande tour carrée, surmontée de mâchicoulis et dominée par une tourelle assez hardie. Une autre tour, moins importante mais plus ancienne, offre une vue splendide sur le bassin de Chambéry et le lac du Bourget. On peut y monter (20 cent. par personne) par un escalier d'un très beau travail. Dans l'enceinte du château, terrasse plantée de marronniers séculaires, mais triste et sans vue, appelée le *Grand Jardin :* c'était jadis le promenoir privé des princes de la Maison de Savoie.

Au *Jardin Botanique*, ou *Jardin des Plantes*, charmante promenade située au-dessous du château, *musée d'histoire naturelle* (ouvert t. l. j. de midi à 6 h.), dont on remarque surtout les collections géologiques et botaniques.

Le local (dépendant de la préfecture) où est instal-

Château et Sainte-Chapelle de Chambéry.

lée l'Académie de Savoie contient aussi le *musée d'archéologie* (ouvert au public le dimanche ; les autres jours, s'adresser au concierge de l'Académie de 1 h. à 4 h.). Ce musée renferme : une série complète des monnaies savoisiennes ; une *collection d'objets* provenant d'habitations *lacustres* de l'âge du bronze (c'est peut-être la plus complète qui existe), découvertes dans le lac du Bourget ; divers objets et inscriptions de l'époque gallo-romaine ; un carcan en fer provenant du château de Chignin ; des reliefs et des cartes de la Savoie, etc.

A côté du château est la **Sainte-Chapelle**, beau vaisseau ogival, précédé d'un porche construit dans le style de la Renaissance par Philippe de Juvara et décoré à l'intérieur de fresques et de vitraux anciens. A g. de l'entrée, petite *chapelle de Nemours* (jolie façade gothique).

De la Sainte-Chapelle, la *rue du Collège* conduit à la place du Palais-de-Justice, en passant près du *lycée* (à g.) et du *marché* (à dr.). Sur la place se dresse la *statue* en bronze (1864) du président Favre (1557–1624), « jurisconsulte éminent, écrivain profond, homme d'État, » par Gumery et par le marquis Albert Costa de Beauregard. Le piédestal en granit, portant une inscription, est flanqué de deux figures allégoriques en bronze. Le *palais de justice* renferme un petit *musée* comprenant quelques tableaux de diverses écoles, parmi lesquels on remarque un portrait de Mme de Chantal par Phil. de Champaigne.

Derrière le palais s'étend le *jardin public*, que

longe l'avenue du Champ-de-Mars. De la place, la rue de la Gare ramène en quelques min. à la gare.

Sur le rocher (jolis points de vue) qui domine la ville, au-dessus de la rive dr. de la Leysse, sur l'emplacement de l'ancien *Lemincum* des Romains, l'église de *Lémenc* comprend une chapelle souterraine (restes d'une descente de croix) et renferme le corps d'un évêque d'Irlande mort dans ce village en 1176, et le tombeau du général de Boigne. Mme de Warens y a été aussi enterrée.

Les promeneurs qui viennent à Chambéry visitent généralement les Charmettes et le Bout-du-Monde. On peut aussi aller à (6 kil.; omnibus, 30 cent.) **Challes**, dont la source (10°) sulfureuse, alcaline et iodo-bromurée est exploitée dans un *établissement*. On y trouve un *casino*. Le *château* seigneurial a été transformé en hôtel (parc de 4 hect.).

Les **Charmettes** (au S.; 1 h. aller et retour) sont une maison de campagne que le séjour de J.-J. Rousseau et de Mme de Warens a rendue célèbre.

Quand on a dépassé le *Bocage*, près de la grande caserne de cavalerie, on prend à dr. la route du col du Frêne, qui gravit la colline. Bientôt après on tourne au S. et l'on entre dans le vallon des Charmettes. 25 min. plus loin, on aperçoit à dr., au-dessus du chemin, un petit bâtiment rectangulaire, que précède une terrasse environnée d'un parapet à hauteur d'appui. Le jardin est à dr. Ce sont les **Charmettes** (50 c. d'entrée). Au-dessus de la porte d'entrée, armoiries des anciens propriétaires, qui ont été mutilées, à l'exception de la date de 1660. Dans le même mur est incrustée une pierre blanche portant l'inscription suivante, placée par Hérault de Séchelles, en 1792, lorsqu'il était commissaire de la Convention, avec l'abbé Simon et Jagot, dans le départ. du Mont-Blanc, dont Chambéry était le chef-lieu :

Réduit par Jean-Jacques habité,
Tu me rappelles son génie,
Sa solitude, sa fierté,
Et ses malheurs et sa folie.
A la gloire, à la vérité,
Il osa consacrer sa vie,
Et fut toujours persécuté
Ou par lui-même ou par l'envie.

Ces vers ont été attribués à Mme d'Épinay. En allant de la maison au jardin, on passe sur une petite terrasse où Jean-Jacques cultivait des fleurs, et qui sert encore de parterre. Le jardin est situé entre la vigne et le verger. A son extrémité S. étaient placées les ruches de Mme de Warens.

Pour revenir des Charmettes à Chambéry, il faut, au lieu de suivre la route que l'on a prise en allant, monter de quelques pas dans les vignes au sortir du jardin, et redescendre à la grande caserne par un chemin un peu raide, mais qui offre de beaux points de vue.

Le **Bout-du-Monde** (1 h. au N.-E.) est un petit ravin terminé par une paroi à pic, à la base de la Dent du Nivolet. Laissant à dr. la route de Turin, à l'extrémité du faubourg de Montmélian, on suit la rive g. de la Leysse jusqu'au village de ce nom. Entrant dans la gorge de la Doria, on y trouve une papeterie qu'il faut traverser pour jouir du tableau pittoresque de la chute. En effet, les montagnes du Nivolet et de

Les Charmettes.

Chaffardon dressent, à la distance d'un jet de pierre, leurs parois escarpées, que réunit un rocher d'où la Doria tombe en poussière dans l'abîme (quand elle n'est pas dirigée dans les canaux de la prise d'eau).

Du Bout-du-Monde, on peut revenir à Chambéry par la rive dr. de la Leysse, plus ombragée que la rive g.

Château de la Serraz et la Motte-Servolex.

5 à 6 h. aller et retour en voiture (y compris les temps de repos), si l'on revient de la Motte à Aix sans aller à Chambéry ; 2 ou 3 h. de plus si l'on va visiter cette ville.

On longe à g. pendant 1 kil. le mur de clôture du parc de Marlioz. Entre la route et la voie ferrée coule le Tillet, que l'on franchit (3 kil. d'Aix) en face de Drumettaz-Clarafond (à g.). Du même côté se dresse la Dent du Nivolet.

5 kil. *Le Viviers*, 551 hab., donne son nom aux vastes marais qui s'étendent à g. jusqu'à la base des montagnes.

Laissant à g. la route de Chambéry, on traverse le village, puis on croise deux fois le chemin de fer pour gagner (7 kil.) *Voglans* (661 hab.; château dominé par un bois), à l'entrée duquel on prend à dr. un chemin tracé en zigzag dans la vallée marécageuse de la Leysse. Ce chemin[1] croise la route de Lyon à Chambéry et la Leysse, pour rejoindre,

---

[1] Un chemin plus agréable et moins long, qui part des premières maisons du Bourget, se dirige au S.-O. en côtoyant un ruisseau ombragé. On peut ainsi descendre par la Motte et revenir par la route nouvelle et Villarcher, en laissant à dr. Voglans, le Viviers et Tresserve (soit l'ancienne chaussée du chemin de fer).

au pied des collines de la rive g., le chemin du Bourget à la Motte-Servolex. On suit ce chemin (à g.) sur un espace d'un kil., puis on l'abandonne pour gravir, à dr., une rampe raide, à travers de belles châtaigneraies. — 1 kil. 1/2 d'Aix. On atteint l'avenue de marronniers (belle *cascade* à g.) qui précède le **château de la Serraz**, bâti à la base du mont Barbiset (à l'intérieur, escalier de la Renaissance et ancienne salle renfermant une belle cheminée; de la *terrasse*, vue magnifique).

De la Serraz, on redéscend par une jolie route qui serpente sur les collines, pour aller visiter le **château de la Motte**, situé à l'O. du village de ce nom. Ce château (chapelle gothique), qui appartient à M. Costa de Beauregard, renferme des collections de tableaux, d'histoire naturelle et d'objets d'art·de toutes sortes. Il est entouré d'un parc admirable, mais fermé de murs qui bornent la vue.

Du château de la Motte, on gagne le v. de *la Motte-Servolex*, ch.-l. de c. de 3295 hab. (château de *Pingon;* église décorée de fresques), en laissant à g. le ham. de *Servolex*.

On peut revenir directement à Aix, en franchissant la Leysse, pour prendre à dr., au delà de la route de Lyon, une autre route qui, décrivant de nombreux zigzags à la base des collines, longe le chemin de fer et le croise trois fois avant de rejoindre au Viviers la route d'Aix à Chambéry. Si l'on veut, au contraire, prolonger l'excursion jusqu'à Chambéry, on a le choix, depuis la Motte-Servolex, entre la route de Lyon et une route plus directe qui conduit à (5 kil. environ) Chambéry par *Bissy*, v. de 791 hab.

Lac d'Aiguebelette.

Le lac d'Aiguebelette est desservi par une station spéciale (34 kil. d'Aix) du chemin de fer de Chambéry à Saint-André-le-Gaz, qui traverse le mont de l'Épine dans un tunnel long de 3062 mèt. La station est située à 1 kil. environ de la rive S.-O. du lac (376 mèt. d'altit.; 4 kil. de longueur sur une largeur moyenne de 2 kil.; plus de 50 mèt. de profondeur en certains endroits). Dans la plus grande baie du lac, celle que le chemin de fer domine à g., se trouvent deux îles dont l'une (4 hect.) est dominée par une chapelle de la Vierge. Une chaussée romaine, dont quelques traces existent sous les eaux du lac, réunissait à la plus petite des deux îles le v. de *Saint-Alban—de-Montbel* (242 hab.; papeterie de *Leysse*), situé sur la rive O. Le vent irrégulier qui s'engouffre, au N., dans le bassin de Novalaise et soulève les eaux du lac, est connu sous le nom de *frou* ou *farou;* il produit souvent des effets désastreux.

Le v. d'*Aiguebelette* (310 hab.; château délabré; prairies ombragées de magnifiques noyers) est situé à 400 ou 500 mèt. du lac. De là on peut monter au *col d'Aiguebelette*, ouvert dans la chaîne du *mont de l'Épine* (1088 mèt.), à 913 mèt. d'altitude, et d'où l'on découvre une vue splendide; puis descendre, de l'autre côté de la montagne, à Chambéry par Saint-Sulpice et Cognin.

La Grande-Chartreuse.

La plupart des baigneurs vont visiter la Grande-Chartreuse. Outre les voit. d'excursions (*V.* p. xxx), une voiture publique part tous les deux jours pour la Chartreuse à 6 h. 1/2 du matin, et rentre le même jour à Aix à 10 h. du soir (13 fr. aller et retour). Le plus simple est de prendre, à quatre ou cinq personnes, une calèche attelée de deux bons chevaux et de partir le matin sur les 7 h. On traverse Chambéry et l'on va déjeuner à Saint-Laurent-du-Pont. On monte ensuite à pied ou en voiture la route extrêmement pittoresque de Saint-Laurent au Désert. On dîne et l'on couche au couvent. Les dames ont une hôtellerie particulière, servie par des religieuses. On est de retour le lendemain dans la journée.

Aux personnes qui préfèrent les chemins peu frayés, nous recommandons l'excursion à la Grande-Chartreuse par Saint-Pierre-d'Entremont. Il faut aller coucher à Chambéry et partir le lendemain matin, soit à pied, soit à mulet, par les Charmettes, Montagnole, le Pas de la Fosse et le col du Frêne, à moins qu'on n'aime mieux passer par le col de Lélia ou par le col des Égaux. On trouvera dans le Guide *Dauphiné-Savoie* les instructions les plus précises sur les directions à suivre. Quelque itinéraire qu'on suive, le trajet ne dure pas moins de 8 h. Mais on peut l'abréger de 2 h. ou 2 h. 1/2 en mettant à profit la nouvelle voie ferrée (ouverte en 1884) qui va de Chambéry à Lyon à travers le mont de

l'Épine : d'Aix à Chambéry (14 kil.), 35 min. ; de
Chambéry à la station de Lépin (19 kil.), 47 min.
De Lépin, les omnibus conduisent à La Bauche
(6 kil. 1/2 en montant) en 55 minutes ; de La Bauche
aux Échelles (7 kil. en descendant), 30 min. ; des
Échelles à Saint-Laurent-du-Pont (6 kil.), 30 min. ;
de Saint-Laurent à la Grande-Chartreuse (10 kil.
en montant), 2 h.

Après avoir laissé à g. la belle cascade de Saint-
Thibaud-de-Couz, et traversé le tunnel de l'Épine,
on côtoie pendant 500 mèt. le petit lac d'Aiguebel-
lette, admirablement encadré par une série de collines et la montagne de l'Épine, et l'on s'arrête à la
station de Lépin, où l'on trouve des omnibus. Le
trajet de cette station à la Grande-Chartreuse est
remarquable par la beauté des paysages, dont l'aspect change à chaque instant. On peut, en passant,
faire une halte à *La Bauche* et visiter la source minérale bi-carbonatée, alcaline, ferrugineuse. C'est la
plus ferrugineuse de toutes les eaux connues.

INDEX ALPHABÉTIQUE

PUBLICITÉ

DES

GUIDES JOANNE

EXERCICE 1885-1886

TABLE DES MATIÈRES

ne A. — 1.

LOTERIE
DE
NICE

Autorisée par Arrêtés ministériels des 13 Février et 11 Septembre 1884

6 MILLIONS de BILLETS
20 GROS LOTS
DONT UN DE
500,000 FRANCS

DEUX TIRAGES

PREMIER TIRAGE			GRAND TIRAGE DÉFINITIF		
1 Gros lot de		50,000 fr.	1 Gros lot de		500,000 fr.
2 —	10,000	20,000 fr.	1 —		100,000 fr.
2 —	5,000	10,000 fr.	1 —		50,000 fr.
10 —	1,000	10,000 fr.	2 —	25,000	50,000 fr.
10 —	500	5,000 fr.	5 —	10,000	50,000 fr.
50 —	100	5,000 fr.	5 —	5,000	25,000 fr.
			50 —	1,000	50,000 fr.
75 Lots formant		100,000 fr.	100 —	500	50,000 fr.
			250 —	100	25,000 fr.

Les billets qui gagneront à ce premier tirage concourront également au tirage définitif.

Plus environ 500 lots d'une valeur de 800,000 fr.

SOIT AU TOTAL :

1,800,000 FR. DE LOTS

Les Fonds seront déposés à la Banque de France.

Le Billet : UN FRANC

En vente chez tous les Débitants de tabac, Libraires, Marchands de journaux, etc., et chez E. STAUDE, 119, boulevard de Sébastopol, Paris.

AVIS IMPORTANT — Les Lots non réclamés dans le délai de trois mois, après le Tirage définitif seront acquis à l'œuvre. Cependant, le Comité a décidé que, dans le cas où le gros lot de **500,000 FR. NE SERAIT PAS RÉCLAMÉ** dans ce délai, il serait procédé à un **NOUVEAU TIRAGE**, pour ce gros lot seulement.

ASSOCIATION
DES ARTISTES MUSICIENS

Fondée en 1843 par le Baron TAYLOR
et reconnue comme établissement d'utilité publique
par décret du Président de la République française en date du 31 Mai 1876

EMISSION DE
2,000,000 de Billets à 1 Franc

D'UNE LOTERIE

Autorisée par arrêté ministériel en date du 24 Mars 1884
Au profit de la Caisse de secours et de Pensions de retraite
de cette Association

400,000 FRANCS DE LOTS

Déposés à la Banque de France et payables en espèces

DEUX TIRAGES :

1er TIRAGE 12 MARS 1885			SECOND ET DERNIER TIRAGE		
1 Gros Lot de		50,000 fr.	1 Gros Lot de		100,000 fr.
1 Gros Lot de		25,000 fr.	1 Gros Lot de		50,000 fr.
2 Lots de	10,000	20,000 fr.	1 Gros Lot de		25,000 fr.
2 Lots de	5,000	10,000 fr.	2 Lots de	10,000	20,000 fr
10 Lots de	1,000	10,000 fr.	2 Lots de	5,000	10,000 fr.
30 Lots ce	500	15,000 fr.	10 Lots de	1,000	10,000 fr.
200 Lots de	100	20,000 fr.	30 Lots de	500	15,000 fr.
			200 Lots de	100	20,000 fr,
246 Lots formant		150,000 fr.	Au total 493 Lots formant le		

Les Billets qui gagneront à ce premier tirage concourront également au second Tirage.

5e du capital émis, soit **400,000 fr.**
La date de ce second et dernier tirage sera fixée immédiatement après le 12 mars

Ces deux Tirages auront lieu à Paris
Le payement des Lots se fera au Siège du Comité.

On peut souscrire en envoyant espèces, chèques ou mandats-poste à **M. Ernest DÉTRÉ**, Secrétaire général, Directeur de la Loterie, au siège du **Comité,** 26, RUE GRANGE-BATELIÈRE, PARIS.

Le Secrétaire général, Directeur de la **Loterie,**
E. DÉTRÉ

LE BILLET : 1 FRANC

JARDIN ZOOLOGIQUE D'ACCLIMATATION

Du Bois de Boulogne

OUVERT TOUS LES JOURS AU PUBLIC

PRIX D'ENTRÉE		ABONNEMENTS
En semaine..........	1 fr. »	Par personne : 25 fr. par an
Dimanche............	» fr. 50	— 15 fr. par semest.
Voitures............	3 fr. »	Par Voitures : 50 fr. par an.
		— 30 fr. par semest.

COLLECTION DES ANIMAUX UTILES DE TOUS LES PAYS

Et principalement de ceux que l'on cherche à acclimater en France

Les Éléphants, Dromadaires, Autruches et Poneys

Sont employés chaque jour à la promenade des Enfants.

GRAND JARDIN D'HIVER. — AQUARIUM

HYDRO-INCUBATEURS, COUVEUSES ARTIFICIELLES

Le Jardin d'Acclimatation vend et achète les Animaux.

S'adresser au bureau de l'Administration, près la porte d'entrée.

EXPOSITION PERMANENTE

ET VENTE DES OBJETS INDUSTRIELS

Utiles à l'Agriculture, à l'Horticulture, à l'entretien des animaux

MANÉGE

École d'équitation expressément réservée pour les enfants. Le cachet donnant l'entrée à l'élève et à la personne qui l'accompagne : 2 fr. 50.

LIBRAIRIE

On peut se procurer à la librairie spéciale du Jardin d'Acclimatation les ouvrages qui traitent d'agriculture, d'horticulture, d'histoire naturelle et d'acclimatation.

LAIT

Envoyé à domicile, deux fois par jour, en vases plombés. — Pour les commandes, s'adresser par écrit au Directeur de l'Établissement.

BUFFET

Déjeuners et Dîners. — Rafraîchissements divers.

AVIS

Les CATALOGUES publiés par le Jardin d'Acclimatation sont envoyés *franco* en réponse à toute demande Catalogue des animaux et œufs *mis en vente,* Catalogue du Cheval, [...] Catalogue des Vignes et Catalogue de la Librairie.

CRÉDIT LYONNAIS

FONDÉ EN 1863

CAPITAL : 200 MILLIONS

LYON : SIÈGE SOCIAL, Palais du Commerce.

PARIS : Boulevard des Italiens.

AGENCES DANS PARIS

B. Rue Vivienne, 31. — **D.** Rue Turbigo, 3. — **E.** Rue de Rivoli, 43. — **G.** Rue de Rambuteau, 15. —**I.** Faubourg Saint-Antoine, 63. —**J.** Boulevard Voltaire, 43. — **K.** Rue du Temple, 201. — **L.** Boulevard Saint-Denis, 10. — **M.** Rue d'Allemagne, 194. **N.** Boulevard Magenta, 81. —**P.** Avenue de Clichy, 1. — **R.** Boulevard Haussmann, 72. — **S.** Faubourg Saint-Honoré, 82. — **T.** Boulevard Saint-Germain, 1. — **U.** Boulevard Saint-Michel, 25. — **V.** Rue de Rennes, 66. — **X.** Boulevard Saint-Germain, 205. — **AB.** Rue de Flandre, 30. — **AC.** Place de Passy, 2. — **AF.** Avenue des Ternes, 39. — **AM.** Annexe de l'agence **M** (abattoirs). — **AT.** Entrepôt de Bercy, Porte Gallois.

CRÉDIT LYONNAIS

AGENCES EN FRANCE ET EN ALGÉRIE

Aix en Provence.— Aix-les-Bains.— Alais.—Alger (Algérie). — Amiens. — Angers. — Angoulême.— Annecy.— Annonay.— Arras.—Bar-le-Duc.— Beaune.— Belleville-sur-Saône. — Besançon. — Béziers. — Bordeaux. — Bourg. — Caen. — Cannes. — Cette. — Châlon-sur-Saône. — Chambéry. — Charleville.—Cognac. — Dijon. —Dunkerque. — Epinal. —Grenoble.— Havre (le). —Lille.—Limoges. — Mâcon.— Marseille.— Menton. — Montpellier. — Moulins. — Nancy. —Nantes. — Narbonne.— Nevers.—Nice.— Nîmes.—Oran (Algérie). — Orléans.— Perpignan.— Reims.— Rennes.— Rive-de-Gier. — Roanne.—Roubaix.—Rouen.— Saint-Chamond.—Sedan. — Saint-Etienne. — Saint-Germain-en-Laye. — Saint-Quentin.— Thizy. — Toulouse.—Tourcoing.—Troyes.—Valence. — Valenciennes. —Versailles. — Vienne (Isère). — Villefranche-sur-Saône.— Voiron.

AGENCES A L'ÉTRANGER

Londres. — Saint-Pétersbourg. — Madrid. — Constantinople. — Alexandrie (Égypte)**. — Le Caire. — Genève.**

Escompte et recouvrements. — Délivrance de chèque s. —**Traites.** — **Lettres de crédit et mandats** sur toutes les villes de France et de l'Étranger. — **Bons à échéance.** — **Dépôts à échéance fixe,** dont l'intérêt plus élevé que celui des comptes de dépôt, varie suivant la durée des placements. — **Garde de titres.** — **Ordres de bourse.** — Souscriptions. — Location de coffres-forts. — Payement immédiat, et sans aucun frais, des coupons Paris-Lyon-Méditerranée, Ouest, Est et Midi. —Payement sans frais des coupons échus des rentes françaises, du Crédit Foncier et des obligations Ville de Paris. — **Régularisation de titres.** — Remboursement d'obligations. — Versements en retard. — Conversions. — Echanges. — Renouvellements, etc., etc. — Transferts.

PRÊTS SUR TITRES

Le **Crédit Lyonnais** prête sur rentes, obligations et actions françaises et étrangères, cotées ou non cotées à la Bourse de Paris.

Les intérêts sont calculés au taux des avances à la Banque de France.

La commission varie suivant la nature des titres.

18ᵉ Année. — Paris, 15 cent. le Numéro. — Dépᵗˢ et gares, 20 cent.

ARTHUR MEYER
Directeur

H. DE PÈNE
Rédacteur en chef.

Le Gaulois

JOURNAL POLITIQUE ET QUOTIDIEN

9, Boulevard des Italiens, Paris

Depuis le mois de juillet 1882, le Gaulois, dont M. Arthur Meyer a repris la direction avec M. H. de Pène comme rédacteur en chef, a de nouveau marqué sa place à la tête de la presse quotidienne de Paris.

Aucun journal n'est plus parisien que le Gaulois, par l'allure vive et mondaine de sa rédaction, par la variété et le piquant de ses informations. Aucun n'est plus résolument conservateur, plus fermement respectueux de tout ce qui est respectable.

Le Gaulois, le Paris-Journal et le Clairon, réunis en une seule feuille, ont résolu le problème de plaire à la fois aux lecteurs sérieux et à ceux qui veulent avant tout être distraits par leur journal.

La nature de la clientèle du Gaulois, dont le nombre s'accroît chaque jour à Paris et en province, donne une valeur exceptionnelle à sa publicité.

PRIX DES ABONNEMENTS

PARIS.....	1 mois, 5 fr.;	3 mois, 13 f. 50;	6 mois, 27 fr.;	1 an, 54 fr.
DÉPART...	— 6 fr.;	— 16 fr.	— 32 fr.;	— 64 fr.
ÉTRANGER.	— 7 fr.;	— 18 fr.	— 36 fr.;	— 72 fr.

Les frais de poste en plus pour les pays ne faisant pas partie de l'Union postale.

PRIX DE LA PUBLICITÉ

Réclames dans le corps du journal....... 20 et 10 fr. la ligne.
Faits divers............................... 9 fr. —
Annonces et réclames de la 3ᵉ page........... 6 fr. —
Annonces de la 4ᵉ page....................... 2 fr. 50 —

CHEMINS DE FER DE L'ÉTAT

BAINS DE MER DE L'OCÉAN

BILLETS D'ALLER ET RETOUR

AU DÉPART DE PARIS, VALABLES 33 JOURS

DE PARIS AUX GARES CI-DESSOUS	Distances	PRIX DES BILLETS		
		1re classe.	2e classe.	3e classe.
Les Sables-d'Olonne......	485	76, 50	57, 60	42, 05
La Rochelle.............	473	71, 80	54, 20	39, 65
Châtel-Aillon..........	481	73, 25	55, 25	40, 45
Fouras................	483	73, 85	55, 75	40, 75
La Tremblade..........	566	83, 80	63, 30	46, 40
Royan................	554	80, 65	61, 20	44, 95

NOTA. — Les billets de bains de mer de l'Océan sont délivrés à la gare de Paris (Orléans).

Ces billets ne donnent droit à aucun arrêt dans les gares intermédiaires.

(Des affiches spéciales apposées dans les gares font connaître les conditions auxquelles est soumis l'usage de ces billets).

BAINS DE MER

De Saint-Père-en-Retz, Pornic, La Bernerie, Saint-Gilles-Croix-de-Vie, Les Sables-d'Olonne, La Rochelle, Châtel-Aillon, Fouras, La Tremblade et Royan

Billets d'aller et retour avec 40 0/0 de réduction, valables pendant un mois, délivrés pour ces localités par toutes les gares du réseau de l'État qui sont reliées directement avec elles.

BILLETS DE VOYAGES SUR LE LITTORAL DE L'OCÉAN

Des billets à prix réduits, dits « billets de voyages sur le littoral de l'Océan », valables pendant 15 jours (non compris le jour de la délivrance), et permettant aux voyageurs de s'arrêter aux gares intermédiaires, sont délivrés par les gares de Paimbœuf, Pornic, Saint-Gilles-Croix-de-Vie, les Sables-d'Olonne, la Rochelle, Rochefort, La Tremblade, Royan et Blaye, ou vice-versa par les gares du réseau de l'État avec lesquelles elles sont reliées directement par rails. (Voir les affiches spéciales placardées dans toutes les gares.)

COMPAGNIE DES CHEMINS DE FER
DE PARIS A LYON
ET A LA MÉDITERRANÉE

La Compagnie des chemins de fer de Paris à Lyon et à la Méditerranée a établi, pour les principales lignes de son réseau, des **voyages circulaires** à prix très réduits qui permettent de visiter, dans des conditions très avantageuses de bon marché, tous les pays qu'elle dessert.

La Compagnie des chemins de fer de Paris à Lyon et à la Méditerranée a en outre organisé un service de voyages circulaires, **avec itinéraire facultatif**, au gré de chaque voyageur, service qui est de jour en jour plus apprécié par le public, et qui permet dans de certaines conditions déterminées, conditions qui se prêtent facilement à toutes les combinaisons, de fixer soi-même son itinéraire et de revenir à son point de départ, après avoir parcouru les localités dont on aura soi-même fait choix sur les divers réseaux de la Compagnie.

Enfin la **Compagnie des chemins de fer de Paris à Lyon et à la Méditerranée** a organisé de concert avec les autres Compagnies des chemins de fer français, les Compagnies des chemins de fer de l'étranger et la Compagnie des Paquebots transatlantiques, **des voyages circulaires** qui permettent de visiter, dans des conditions de prix très avantageuses, outre les localités desservies par son propre réseau, tout le reste de la France, et aussi **la Belgique, les bords du Rhin, l'Autriche, l'Italie, la Suisse, l'Espagne, le Portugal et l'Algérie.**

Voir pour les conditions de prix, la durée de trajet et en général pour toutes les particularités relatives à ces **voyages circulaires**, la notice détaillée qui se trouve aux pages 13 à 15 du cahier de publicité de nos Guides grand format, les affiches de la Compagnie et les prospectus qui se distribuent gratuitement dans toutes les gares du réseau.

CHEMIN DE FER DU NORD

Saison d'Été 1885

VOYAGES CIRCULAIRES A PRIX RÉDUITS

1o Pour visiter

LE NORD DE LA FRANCE ET LA BELGIQUE

BILLETS VALABLES POUR UN MOIS

1re classe, 91 fr. 15 — 2e classe, 68 fr. 55

Les bureaux d'émission sont : *Paris, Amiens, Rouen, Douai, Lille et St-Quentin*.

2o Pour visiter le Château de Pierrefonds
Les Ruines du Château de Coucy

Les Bords de la Meuse et les Grottes de Han et de Rochefort

Prix : 80 fr. en Ire classe et 54 fr. en 2e classe.

Toutes les gares comprises sur l'itinéraire peuvent délivrer des billets directs.

3o Pour visiter la Hollande

PRIX : 123 fr. 70 en 1re classe et 92 fr. 60 en 2e classe

Les bureaux d'émission sont : *Paris, Amiens, Rouen, Douai et St-Quentin*.

4o Pour visiter les bords du Rhin.

PRIX : 149 fr. en Ire classe

Les bureaux d'émission sont : *Paris, Amiens, Douai et St-Quentin*.

5e Pour visiter la France, la Belgique, la Hollande,
les Bords du Rhin et la Suisse.

(*Voir les voyages de P.-L.-M. No 71, 73, 74 et 76*).

Pour les itinéraires de ces cinq voyages circulaires, consulter les affiches de la Compagnie et les prospectus détaillés qui sont délivrés gratuitement dans toutes les gares.

Les billets sont délivrés du 1er mai au 30 septembre inclus.

Chaque voyageur a droit au transport gratuit de 25 kil. de bagages sur tout le parcours.

Ces différents billets sont valables par tous les trains, y compris les trains de marée.

Tout voyageur muni d'un de ces billets a le droit de s'arrêter dans toutes stations de la ligne du Nord comprises dans l'itinéraire du voyage, à condition, lorsque l'arrêt n'est pas indiqué par un coupon de billet, de déposer son livret entre les mains du chef de gare.

Les billets ne sont valables que pour un mois. Ainsi, les billets délivrés le 1er juin ne sont plus valables le 1er juillet, et ceux délivrés le 27 juillet ne sont plus valables le 27 août.

Les voyageurs qui désireraient partir pour entreprendre le voyage circulaire d'un point autre que ceux où se délivrent les billets spéciaux, n'ont qu'à prendre un billet ordinaire pour le bureau d'émission le plus voisin.

CHEMINS DE FER DE L'OUEST

SAISON D'ÉTÉ DE 1885

BAINS DE MER

BILLETS D'ALLER ET RETOUR A PRIX RÉDUITS
Valables du VENDREDI au LUNDI inclusivement
DU 1er MAI AU 31 OCTOBRE

DE PARIS AUX GARES SUIVANTES	BILLETS ALLER ET RETOUR			
	1re classe.		2e classe	
	Fr.	c.	Fr.	c.
DIEPPE. — Le Tréport, Criel	30	»	22	»
LE TRÉPORT, par Serqueux et Abancourt. Du 1er juil. au 30 sept.	33	20		
CANY. — Veulettes, les Petites-Dalles	33	»	24	»
SAINT-VALERY-EN-CAUX. — Veules				
LE HAVRE. — Sainte-Adresse, Bruneval				
LES IFS. — Etretat, Vaucottes-sur-Mer, Bruneval	33	»	24	»
FÉCAMP. — Yport, Etretat, Vaucottes-sur-Mer, Bruneval, les Petites-Dalles				
TROUVILLE-DEAUVILLE. — Villerville				
VILLERS-SUR-MER. — Houlgate	33	»	24	»
HONFLEUR				
CAEN				
CABOURG. — Le Home-Varaville				
DIVES	37	»	27	»
BEUZEVAL. — Houlgate				
LUC, LION-SUR-MER, LANGRUNE				
SAINT-AUBIN, BERNIÈRES	38	»	28	»
COURSEULLES — Ver-sur-Mer. Ces prix comprennent le parcours total.				
BAYEUX. — Arromanches, Port-en-Bessin, Asnelles	40	»	30	»
ISIGNY. — Grand-Camp. Sainte-Marie-du-Mont	44	»	33	»
VALOGNE. — Port-Bail, Cartoret, Quinéville, St-Vaast de la Hougue	50	»	38	»
CHERBOURG	55	»	42	»
COUTANCE. — Agon, Coutainville, Régneville	57	»	44	»
GRANVILLE. — Saint-Pair, Donville	50	»	38	»
ST-MALO-ST-SERVAN. — Dinard-St-Enogat, St-Lunaire, St-Briac, Paramé	66	»	50	»
LAMBALLE. — Erquy, le Val-André	68	»	51	»
SAINT-BRIEUC. — Portrieux, Saint-Quay	79	»	59	»
LANNION. — Perros, Guirec	81	»	61	»
MORLAIX. — Saint-Jean-du-Doigt, Saint-Pol-de-Léon	85	»	64	»
ROSCOFF. — Ile de Batz				

EAUX THERMALES

FORGES-LES-EAUX (Seine-Inf.), ligne de Dieppe par Gournay	21	45	16	05
BAGNOLES-DE-L'ORNE, par Briouze et la Ferté-Macé. Ces prix comprennent le parcours total	45	»	34	»

DÉPART par tous les trains du Vendredi, du Samedi et du Dimanche.
RETOUR par tous les trains du Dimanche et du Lundi.
Toutefois ces billets sont valables le Jeudi par les trains partant de Paris dès 6 h. 30 soir.
Par exception, les billets pour **Saint-Malo**, **Lamballe**, **Saint-Brieuc**, **Lannion**, **Morlaix** et **Roscoff** sont valables au retour jusqu'au Mardi inclusivement

Les billets de *Paris* au *Havre* sont admis au retour par *Honfleur*, *Trouville-Deauville* et *Caen*; ceux de *Paris* à *Honfleur*, *Trouville-Deauville* et *Caen*, sont admis au retour par le *Havre*.

NOTA. — Les prix ci-dessus ne s'appliquent qu'au parcours en chemin de fer.

CHEMIN DE FER DE PARIS A ORLÉANS

EXCURSIONS

Sur les bords de la Loire et dans la Vendée, la Charente-Inférieure,
le Poitou, l'Angoumois, le Bordelais, la Dordogne, le Limousin, la Creuse,
l'Allier et le Berry.

Durée : 30 jours
1re classe : 155 fr. — 2e classe : 120 fr.

CHEMINS DE FER D'ORLÉANS ET DU MIDI : EXCURSIONS
DANS LE
CENTRE DE LA FRANCE ET LES PYRÉNÉES
Durée : 30 jours
1re classe : 225 fr. — 2e classe : 170 fr.

CHEMINS DE FER D'ORLÉANS ET DE L'OUEST : EXCURSIONS
SUR LES
COTES DE BRETAGNE
Durée : 30 jours
1re classe. 160 fr. — 2e classe. 125 fr.

CHEMINS DE FER D'ORLÉANS, DU MIDI, DE PARIS A LYON ET A LA MÉDITERRANÉE
DE LA SUISSE OCCIDENTALE ET DU JURA-BERNE-LUCERNE

VOYAGE CIRCULAIRE A
PYRÉNÉES, BORDS DE LA MÉDITERRANÉE ET SUISSE
En passant par l'Orléanais, la Touraine, l'Anjou, le Poitou, le Bordelais,
le Comtat, le Dauphiné, le Lyonnais, la Franche-Comté, la Bourgogne, etc.
Durée : 45 jours
1re classe, 316 fr. — 2e classe, 236 fr,
Ces billets sont délivrés à partir du 1er mai 1884.

VOYAGE CIRCULAIRE B
GOLFE DE GASCOGNE, MIDI, AUVERGNE ET SUISSE
En passant par le Bordelais, le Languedoc, le Bourbonnais, le Lyonnais,
la Franche-Comté, la Bourgogne.
Durée : 45 jours
1re classe, 256 fr. — 2e classe, 191 fr.
Ces billets sont délivrés à partir du 1er mai 1884.

CHEMINS DE FER
De Paris à Orléans, de Paris à Lyon et à la Méditerranée et du Midi de la France.
Chemins Espagnols et Portugais.

VOYAGES CIRCULAIRES EN FRANCE, ESPAGNE ET PORTUGAL

(Via Bordeaux, Irun, Cerbère, Cette), en voitures de 1re et 2e classe
4 Itinéraires différents (Voir pour les détails et les prix les affiches et les
prospectus des Compagnies).

Quelques modifications pourront être apportées, dans
le courant de 1885, aux voyages circulaires ci-dessus mentionnés ; du reste pour toutes les particularités relatives
aux dits voyages, demander dans toutes les gares du
réseau les propectus de chaque voyage, qui se distribuent
gratuitement.

CHEMINS DE FER DU MIDI.

VOYAGE A PRIX RÉDUITS AUX PYRÉNÉES

Billets de 1re classe délivrés du 15 Avril au 10 Octobre de chaque
année et valables pendant 20 jours,
avec faculté d'arrêt à toutes les stations du parcours.

PRIX DES BILLETS ET DESIGNATION DES PARCOURS :

75 fr. pour l'un des trois parcours suivants :

Premier parcours. — Bordeaux-St-Jean — Agen — Montauban — Toulouse-Matabiau — Montréjeau
— Bagnères-de-Luchon — Tarbes — Bagnères-de-Bigorre — Mont-de-Marsan — Arcachon — Bordeaux-
St-Jean.

Deuxième parcours. — Bordeaux-St-Jean — Agen — Montauban — Toulouse-Matabiau — Montréjeau
— Bagnères-de-Luchon — Tarbes — Bagnères-de-Bigorre — Pierrefitte-Nestalas — Pau — Bayonne —
Dax — Arcachon — Bordeaux-St-Jean.

Troisième parcours. — Bordeaux-St-Jean — Arcachon — Mont-de-Marsan — Tarbes — Bagnères-
de-Bigorre — Montréjeau — Bagnères-de-Luchon — Pierrefitte-Nestalas — Pau — Bayonne — Dax —
Bordeaux-St-Jean.

100 fr. pour l'un des quatre parcours suivants :

Quatrième parcours. — Bordeaux-St-Jean — Agen — Montauban — Toulouse-Matabiau — Castel-
naudary — Carcassonne — Narbonne — Cette — Toulouse-Matabiau — Montréjeau —
Bagnères-de-Luchon — Tarbes — Bagnères-de-Bigorre — Mont-de-Marsan — Arcachon — Bordeaux-
St-Jean.

Cinquième parcours. — Bordeaux-St-Jean — Agen — Montauban — Toulouse-Matabiau — Castel-
naudary — Carcassonne — Narbonne — Béziers — Cette — Toulouse-Matabiau — Montréjeau —
Bagnères-de-Luchon — Tarbes — Bagnères-de-Bigorre — Pierrefitte-Nestalas — Pau — Bayonne —
Dax — Arcachon — Bordeaux-St-Jean.

Sixième parcours. — Bordeaux-St-Jean — Agen — Montauban — Toulouse-Matabiau — Castelnau-
dary — Carcassonne — Narbonne — Perpignan — Toulouse-Matabiau — Montréjeau — Bagnères-de-
Luchon — Tarbes — Bagnères-de-Bigorre — Mont-de-Marsan — Arcachon — Bordeaux-St-Jean.

Septième parcours. — Bordeaux-St-Jean — Agen — Montauban — Toulouse-Matabiau — Castelnau-
dary — Carcassonne — Narbonne — Perpignan — Toulouse-Matabiau — Montréjeau — Bagnères-de-
Luchon — Tarbes — Bagnères-de-Bigorre — Pierrefitte-Nestalas — Pau — Bayonne — Dax — Arcachon — Bordeaux-St-Jean.

En demandant son billet, le voyageur doit indiquer explicitement le parcours qu'il désire suivre. —
Le voyageur porteur d'un billet du 1er, 2e, 4e, 5e, 6e ou 7e parcours, qui passe par Mont-de-Marsan,
perd tout droit de parcours entre Tarbes, Pau, Bayonne, Dax et Morceux; celui qui passe par Pau,
Bayonne et Dax perd tout droit de parcours entre Tarbes, Mont-de-Marsan et Morceux. — Pour les
2e, 3e, 5e et 7e parcours, le trajet Pau-Bayonne-Dax peut être remplacé par le trajet Pau-Mimbaste-
Dax.

Les billets sont délivrés dans les stations indiquées ci-dessus; ils peuvent être pris à l'avance et
sont valables à partir du jour où ils ont été timbrés par la première station de départ, sans toutefois
qu'ils puissent être utilisés après le 31 Octobre 1885.

Le billet est personnel. *Le voyageur est tenu d'y apposer sa signature au moment de la délivrance, et de la reproduire toutes les fois qu'il en est requis*

Au-dessous de 3 ans, les enfants sont transportés gratuitement, et doivent être placés sur les genoux
des personnes qui les accompagnent ; de 3 à 7 ans, ils paient demi-place; au-dessus de 7 ans, ils paient
place entière.

OBSERVATIONS IMPORTANTES

Le voyage peut s'effectuer sur chacun des parcours désignés ci-dessus, de l'une quelconque des stations
explicitement mentionnées sur ce parcours.

Le voyageur peut choisir l'une ou l'autre des directions qui peuvent être suivies à partir de la station
de départ; mais, dans tous les cas, il doit parcourir son itinéraire dans l'ordre où les stations
du trajet sont désignées dans les parcours, mentionnés ci-dessus ou dans l'ordre inverse,
suivant la direction choisie au départ.

Le voyageur peut s'arrêter à toutes les stations du réseau situées sur celui des parcours circulaires
qu'il a choisi, à la seule condition de faire estampiller son billet au départ de chaque station d'arrêt.

Le prix de 75 fr. s'applique indistinctement au premier, au deuxième ou au troisième parcours ;
Le prix de 100 fr. s'applique aussi indistinctement à chacun des quatre autres parcours.

Les voyageurs supportent les frais des excursions en dehors des itinéraires ci-dessus.

BAGAGES. — Le voyageur qui a acquitté le prix de son billet (75 fr. ou 100 fr., selon l'itinéraire
choisi) a droit au transport gratuit, sur le chemin de fer, de 30 kilogr. de bagages. Cette franchise ne
s'applique pas aux enfants transportés gratuitement, et elle est réduite à 20 kilogr. pour les enfants
transportés à moitié prix : les excédents de bagages sont taxés d'après le Tarif général de la Compagnie.

Pour chaque partie du parcours, les bagages sont enregistrés à chaque point de départ ; ils peuvent
être expédiés à l'avance, sous condition de paiement du droit accessoire de dépôt, d'après le Tarif
général de la Compagnie.

CHEMINS DE FER DE L'EST

EXCURSIONS ET VOYAGES CIRCULAIRES

A PRIX RÉDUITS

VOYAGES CIRCULAIRES A PRIX RÉDUITS

POUR VISITER :

LES BORDS DU RHIN ET LA BELGIQUE, LA SUISSE CEN-
TRALE (Oberland bernois) ET LE LAC DE GENÈVE, LE JURA
ET L'OBERLAND BERNOIS, LA SUISSE ET LE GRAND-DU-
CHÉ DE BADE, LA SUISSE, L'ENGADINE ET LE GRAND-
DUCHÉ DE BADE, L'ALLEMAGNE DU SUD, L'AUTRICHE
ET LA SUISSE, LES VOSGES ET BELFORT, LES BORDS
DU RHIN ET LA SUISSE, LA SUISSE ET L'ITALIE.

Pour tous les détails concernant lesdits **Voyages circulaires à prix réduits**, les prix des billets, les divers itinéraires facultatifs à suivre, etc., etc.,
consulter les affiches et les prospectus de la **Compagnie de l'Est** que les voyageurs trouveront dans toutes les gares du réseau de l'Est.

PARIS-BALE. — Pendant la saison d'été, *du 15 mai au 15 octobre*, la Compagnie fait délivrer à la gare de Paris des billets de PARIS à BALE *via* Belfort-
Delle ou *via* Belfort-Mulhouse et retour.
· *Prix des billets valables pendant* un mois: 1re cl. 106 fr. 05; — 2e cl.
79 fr. 35. Les voyageurs ont droit au transport de 30 kil. de bagages sur tout le
parcours.

PARIS-LUCERNE. — Pendant la saison d'été, du 1er juin au 15 octobre, la
Compagnie fait délivrer à la gare de Paris des billets de PARIS à LUCERNE *via*
Belfort-Delle ou *via* Belfort-Petit-Croix et retour,
Prix des billets valables pendant 60 jours: 1e cl. 121 fr. 40 ; 2e cl. 90 fr. 05·
Les voyageurs ont droit au transport gratuit de 30 kil. de bagages sur le par-
cours de Paris à Bâle ; de Bâle à Lucerne, il n'est accordé aucune franchise.

VOYAGES CIRCULAIRES DE VACANCES. — Itinéraires établis au gré des
voyageurs. La Compagnie des chemins de fer de l'Est met à la disposition du
public pour la saison des vacances, à partir du 15 juillet jusqu'au 15 octobre.
1e des billets à prix réduits de voyages circulaires sur son réseau, à itinéraires
composés au gré des voyageurs, pour un parcours de 300 kilomètres et au-dessus;
2e des billets à prix réduits de voyages circulaires communs entre la Compagnie
de l'Es. et celle de Paris à Lyon et à la Méditerranée, à itinéraire facultatifs
permettant d'effectuer, en empruntant les deux réseaux, des parcours totaux de
500 kilomètres et au-dessus, devant former des circuits complètement fermés, afin
que le voyageur revienne à son point de départ. Les prix et conditions de ces
voyages sont portés à la connaissance du public par un livret spécial.

SÜDBAHN-GESELLSCHAFT

COMPAGNIE DES CHEMINS DE FER DU SUD

DE L'AUTRICHE.

Les lignes de cette compagnie traversent les contrées les plus intéressantes et les plus pittoresques de l'**Autriche-Hongrie**, le **Tyrol**, la **Carinthie**, la **Carniole**, la **Styrie**. Tout amateur de belle nature, de végétation sauvage et de paysages grandioses peut être sûr, quelque soit le but de son voyage, d'être amplement dédommagé de ses peines et fatigues. Les sites qui se dérouleront sous ses yeux, charmeront ses loisirs, et s'il pénètre plus avant dans les montagnes, la richesse de la végétation et les curiosités de tout genre lui donneront maints sujets d'études intéressantes.

Les environs de la capitale, traversés par la ligne du Sud, offrent déjà, à eux seuls, un choix de points de vue qui présentent le plus vif intérêt.

Le Réseau du Sud aboutit d'un côté aux grands centres de **Vienne** et de **Pesth** et aux ports de **Trieste**, de **Pola** et de **Fiume**, va toucher, de l'autre, aux frontières allemande et italienne, à **Kufstein** et à **Ala**, et établit dans trois directions, de l'**Italie**, de l'**Allemagne** et de l'intérieur de l'**Autriche- Hongrie**, la communication avec la ligne de l'**Arlberg**.

Qui n'a aussi déjà entendu parler des merveilles réservées aux voyageurs qui traversent les sections du **Semmering** et du **Brenner**, ces ouvrages grandioses de la création humaine,

SÜDBAHN-GESELLSCHAFT (SUITE).

ainsi que des beautés de la ligne du **Pusterthal** qui relie entre elles les régions orientale et occidentale des **Alpes** !

Innsbruck, Botzen, Meran, Trente, Bruneck, Lienz, Villach, Klagenfurt, Graz, Adelsberg et ses **grottes merveilleuses**, les **lacs de la Carinthie**, sont autant de points dont il n'est pas permis de méconnaître le charme.

La Compagnie des Chemins de fer du Sud a fait construire en divers endroits des hôtels de premier ordre qui offrent aux voyageurs qui sont attirés par le spectacle de la belle nature, au milieu des splendeurs des grandes Alpes, tout le confort moderne des grandes villes.

A **Toblach**, point culminant de la ligne du **Pusterthal**, se trouve un excellent hôtel. — Excursions dans la vallée d'**Ampezzo**, célèbre par ses **Alpes dolomitiques**. — Cette contrée surpasse en beauté les points les plus fréquentés de la **Suisse**. L'affluence des voyageurs y est telle maintenant qu'on s'est vu obligé d'agrandir l'**Hôtel de Toblach**, qui ne suffisait plus au grand nombre des touristes.

L'Hôtel élevé par la Compagnie du Sud au **Semmering** (100 kilom. de Vienne) a été ouvert le 15 juillet 1882. Il se trouve à 992 mètres d'altitude au-dessus du niveau de l'Adriatique. — **Situation magnifique.** — Le panorama que l'on a de l'hôtel est ravissant. — **Environs splendides.** — La brise qu'on y respire est délicieuse, vivifiante et toute chargée des senteurs aromatiques des mélèzes et conifères qui couvrent les versants des montagnes.

L'Hôtel renferme 60 chambres élégamment meublées, salon de conversation pour dames, salon de lecture et de jeu, bains

SÜDBAHN-GESELLSCHAFT (SUITE).

chauds et froids. La **poste** et le **télégraphe** se trouvent à l'hôtel même.

Un grand nombre de trains desservent la station de Semmering, tant du côté du Nord que du côté du Sud. — Il existe un service d'omnibus entre la station et l'hôtel.

La **Compagnie du Sud** est aussi en train de créer un établissement climatérique au bord de la mer, à **Abbazia**, près **Fiume**.

Abbazia, avec son magnifique bois de lauriers et sa flore méridionale, promet de devenir un des plus délicieux et plus charmants séjours au bord de la mer. Bain de soleil en hiver, on y trouvera en été l'agrément des bains de mer. Un hôtel (58 chambres), situé au milieu d'une luxuriante végétation de lauriers, châtaigniers et chênes, offre déjà son confort aux nombreux visiteurs. Un deuxième hôtel (120 chambres) est actuellement en construction.

***

La Compagnie de la **Südbahn**, a organisé, de concert avec les autres compagnies de chemins de fer autrichiennes et étrangères, un grand nombre de voyages circulaires à prix réduits, qui permettent aux voyageurs de toute provenance de visiter, dans d'excellentes conditions de bon marché, l'Autriche, le Tyrol, la Bavière, l'Italie, la Suisse et les bords du Rhin.

Les voyageurs trouveront la nomenclature détaillée de ces voyages avec les prix, la durée du trajet et toutes les particularités qui s'y rattachent, dans les indicateurs officiels d'Autriche, d'Allemagne, de France, de Suisse et d'Italie.

COMPAGNIE DU CHEMIN DE FER

DU

GOTHARD

Le Chemin de fer du Gothard, la ligne de montagne la plus pittoresque et la plus intéressante de l'Europe, traverse la Suisse primitive chantée par les poètes et glorifiée par l'histoire. Sur le parcours on rencontre **Lucerne,** au bord du lac du même nom, le lac de Zoug, le **Rigi,** célèbre dans le monde entier par la vue incomparable dont on jouit de son sommet (**Chemin de fer** entre la station d'Arth de la ligne du Gothard et la cime même), le lac de Lowerz, Schwyz, le lac des **Quatre-Cantons,** avec le Rûtli et la Chapelle de Guillaume Tell, Brunnen, la route de l'Axen, Fluelen, Atdorf, **Gœschenen,** station de la tête nord du tunnel, où commence l'ancienne route du Saint-Gothard et d'où l'on atteint en une demi-heure le célèbre **pont du Diable et la galerie dite du Trou d'Uri** près d'Andermatt (tous deux d'un accès facile), Bellinzona, Locarno, le lac **Majeur** (*îles Borromées*), Lugano sur le lac du même nom, Côme enfin et son lac. La ligne réunit ainsi des deux côtés des Alpes les bords des lacs les plus ravissants, émaillés de villas splendides.

Parmi les nombreux travaux d'art, œuvres gigantesques construites dans les flancs des Alpes et qui excitent l'étonnement du voyageur, il faut citer en première ligne **le grand tunnel du Gothard,** le plus long tunnel existant (14,950 mètres, dont le percement a exigé neuf années de travail ; viennent ensuite les **tunnels hélicoïdaux,** au nombre de 3 sur le côté nord et de 4 sur le côté sud, le pont du Kerstelenbach près d'Amsteg, etc., etc.

Deux trains express font journellement en neuf ou dix heures le trajet dans chaque direction de **Lucerne à Milan,** point central pour tous les voyageurs allant en Italie. **Wagons-lits** (*sleeping cars*), **voitures directes entre Paris et Milan,** éclairage au gaz, freins continus.

Prix de Milan à Lucerne : 1ʳᵉ classe, 36 fr. 65
— 2ᵉ — 25 fr. 65
— de Paris à Milan : 1ʳᵉ classe, 117 fr. 35
— 2ᵉ — 87 fr. »

Le chemin de fer du Gothard est la voie de communication la plus courte entre **Paris et Milan** (via Belfort-Bâle). A Milan, correspondance directe de et pour **Venise, Bologne, Florence, Gênes, Rome, Turin.** A Lucerne, coïncidence directe de et pour Paris, Calais, Londres, Ostende, Bruxelles, Cologne, Francfort, Strasbourg, ainsi que de et pour toutes les gares principales de la Suisse.

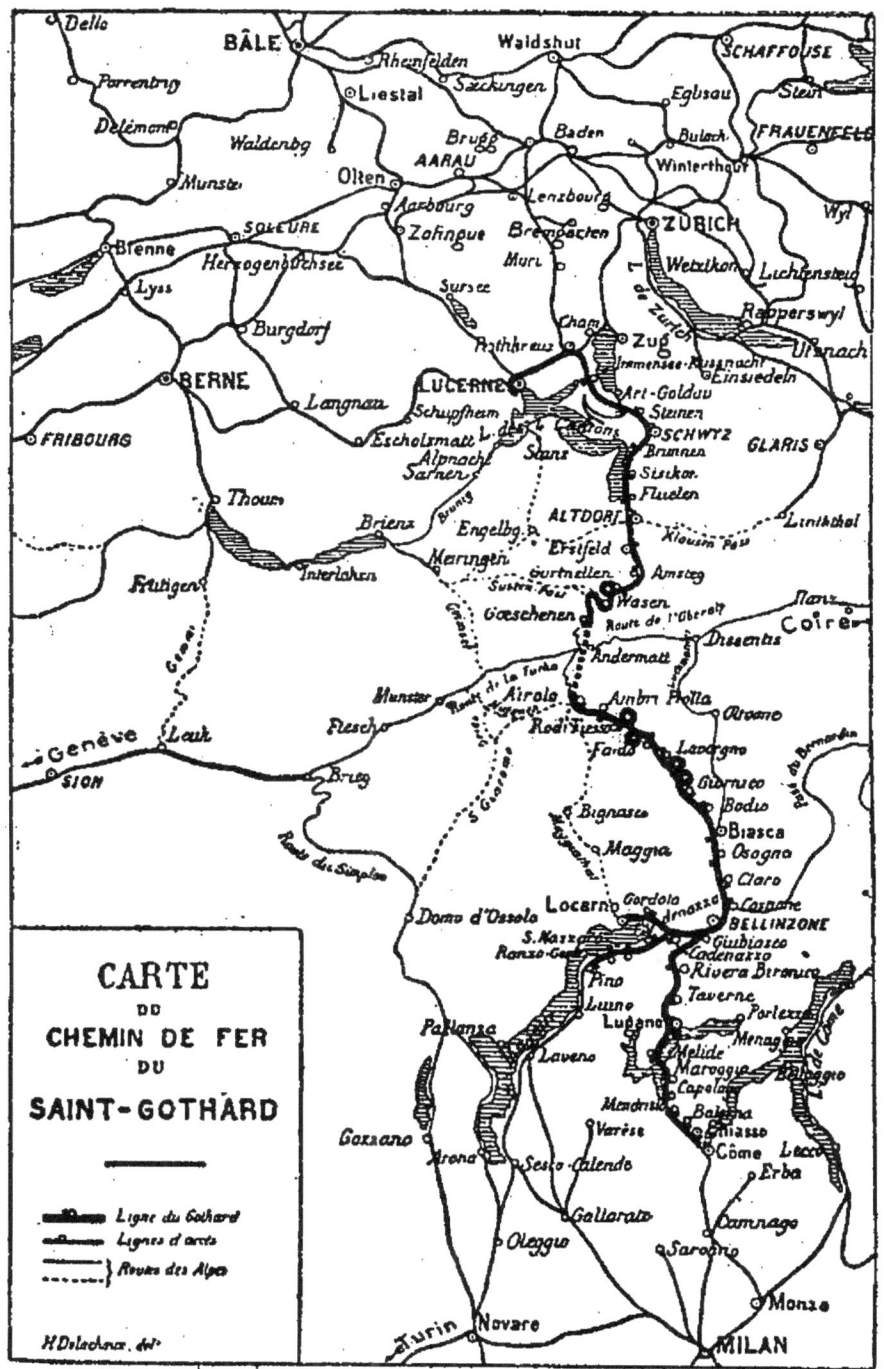

CARTE
DU
CHEMIN DE FER
DU
SAINT-GOTHARD

Ligne du Gothard
Lignes d'accès
Routes des Alpes

H. Delachaux, del.

Nouvelle Compagnie Marseillaise de Navigation à Vapeur

FRAISSINET ET Cᴵᴱ
Place de la Bourse, 6, à Marseille.

CAPITAL : 12 MILLIONS DE FRANCS

Services réguliers pour le Languedoc, la Corse, l'Italie. l'Espagne, le Levant, le Danube, la mer Noire, l'Archipel et l'Egypte.

LIGNES DESSERVIES PAR LA COMPAGNIE

LIGNE DE CORSE ET D'ITALIE. — Départs de Marseille ; tous les Dimanches à 9 h. du matin, pour Bastia et Livourne. — Tous les Lundis, à 7 h. du soir, pour Nice, Ile-Rousse, Bastia et Livourne.

LIGNE D'ITALIE. — Départs de Marseille : le Dimanche et le Jeudi, à 8 h. du matin, pour : Gênes, Livourne, Civita-Vecchia et Naples. — Le Jeudi, à 8 h. du matin, pour Gênes et Naples.— Tous les 2 Mardis, à 9 h. du matin, pour Livourne, directement.

LIGNE DE CANNES, NICE ET GÊNES. — Départs de Marseille : le Mercredi, à 7 h. du soir, pour Cannes, Nice et Gênes.

LIGNE DE CONSTANTINOPLE.— Départs de Marseille : tous les Jeudis pour Gênes, Naples, Le Pirée, Volo, Salonique, Dédéagh, Dardanelles, Gallipoli, Rodosto et Constantinople. (En transbordement à Constantinople, pour Odessa, Jneboli, Sinope, Samsoum, Kerassunde, Trébizonde et Poti).

LIGNE DU DANUBE. (directe et sans transbordement). — Départs de Marseille : toutes les semaines, le dimanche à 9 h. du matin, pour : Gênes, Syra, Smyrne, Mételin, Dardanelles, Constantinople, Soulina, Toultcha, Galatz et Braïla.

Nota. — Cette ligne n'est desservie que jusqu'à Constantinople pendant la fermeture du Danube par les glaces.

LIGNE D'ÉGYPTE. — Départs de Marseille : toutes les deux semaines, le Mardi, à 9 h. du matin, pour Livourne, Naples et Alexandrie.

LIGNE DE BARCELONE. — Départs de Marseille : tous les Dimanches matin, à 10 h. pour Barcelone

LIGNE DU LANGUEDOC. — Départs de Marseille : les Lundis, Mercredis et Vendredis, à 7 h. du soir, pour Agde. — Départs de Marseille : les Mardis, Jeudis et Samedis, à 8 h. du soir, pour Cette.

FLOTTE DE LA COMPAGNIE

Tibet	700	chev.	3500 tonn.	Euxène	250 chev.	1200 tonn.
Liban	500	—	3000 —	Junon	250 —	1200 —
Europe	500	—	3000 —	Asie	250 —	1200 —
Stamboul	500	—	3000 —	Algérie	200 —	900 —
Amérique	500	—	3000 —	Saint-Marc	120 —	700 —
Galatz	400	—	2500 —	Durance	120 —	400 —
Braïla	400	—	2500 —	Echo	100 —	250 —
Taygète	400	—	2500 —	Aude	100 —	220 —
Taurus	400	—	2500 —	Mar.-Louise	120 —	700 —
Falkan	400	—	2500 —	Isère	120 —	400 —
Pélion	400	—	2500 —	Blidah	120 —	400 —
Gyptis	250	—	1200 —	Médéah	120 —	350 —

Pour tous renseignements s'adresser à MM. Fraissinet et Cⁱᵉ, place de la Bourse, à Marseille. — AM. Ach. Neton, 9, rue de Rougemont, à Paris.

III

PARIS

HOTELS—RESTAURANTS

CAFÉS

INDUSTRIES DIVERSES

Type **A** — 2.

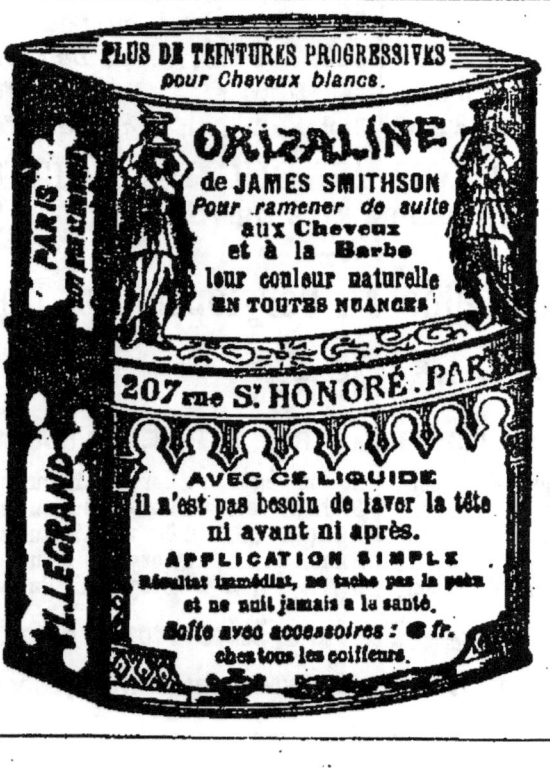

 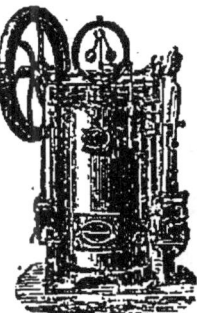 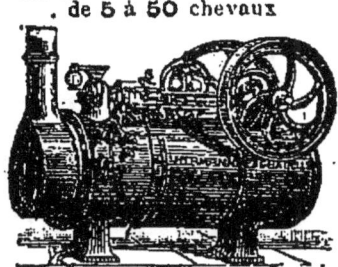

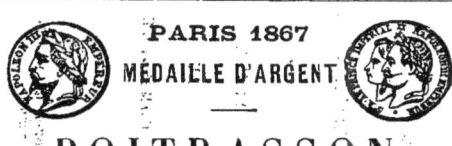

HOTEL CONTINENTAL

Paris, 3, rue Castiglione, en façade sur le jardin des Tuileries, Paris.

HOTEL CONTINENTAL. — 600 chambres et salons de 5 à 35 fr.

LE CAFÉ RICHE

RESTAURANT B GNON PÈRE & FILS

CHEVRIER et VERDIER, Successeurs

BOULEVARD DES ITALIENS ET RUE LE PELETIER

Sur la partie de ce boulevard, fréquentée par le monde comme il faut de tous les pays.

MAISON DE PREMIER ORDRE

L'UNE DES PLUS ANCIENNES DE PARIS

RENDEZ-VOUS DES GENS DE DISTINCTION

Outre les salons du rez-de-chaussée, un grand nombre de salons du meilleur goût permettent d'y déjeuner et dîner en famille ou en sociétés séparées.

Les Cuisines ont une réputation européenne

Les Caves renferment les meilleurs vins de tous les grands crûs de France; elles sont connues des gourmets du monde entier.

Pour les personnes qui ne veulent pas se donner la peine du détail de leur menu, on sert des dîners depuis le prix de 8 fr , les vins non compris.

Outre les salons du restaurant, ce magnifique établissement possède des salles de café et des fumoirs spacieux largement aérés; on y trouve les journaux importants de tous les pays.

Le Café Riche, propriétaire de Vignobles importants dans les contrées à Vins fins de Bordeaux, et dont les caves considérables s'approvisionnent directement chez les principaux propriétaires des Grands Vignobles de France, tient à la disposition des personnes qui fréquentent l'Etablissement des vins de choix, soit en bouteilles, soit en pièces, aux prix raisonnés tels qu'ils sont cotés aux lieux de production.

Paniers de Vins fins pour Voyage ou pour Campagne, 6 ou 12 bouteilles assorties.

Le Café Riche.

FIN DES ANNONCES DE PARIS

**Voir à la page suivante, les Hôtels
et Établissements divers de la France
classés par ordre alphabétique de
localités.**

AIX-LES-BAINS

GRAND HOTEL DE L'EUROPE

OUVERT TOUTE L'ANNÉE

BERNASCON

Maison de premier ordre, admirablement située, **près de l'Etablissement thermal et des Casinos.** — 120 chambres et 20 salons, chalets pour familles. — Vue splendide du Lac et des montagnes. — **Beau Jardin et Parc d'agrément.** — Vaste salle à manger. — Excellente cuisine. — En un mot, cet hôtel ne laisse rien à désirer pour la satisfaction des familles. — Equipages, écuries et remises. — **Omnibus à tous les trains.**

GRAND HOTEL D'AIX

EX-HOTEL IMPÉRIAL (OUVERT TOUTE L'ANNÉE)

E. GUIBERT, propriétaire.

Établissement de premier ordre, admirablement placé *près du Jardin public, du Casino, et à proximité de l'Etablissement Thermal;* 120 chambres et 30 salons : salons de musique, de lecture, de conversation et fumoir.—*Omnibus à la gare.—Voitures de remise.*

SPLENDIDE HOTEL

Même propriétaire que l'HOTEL VENAT et BRISTOL

300 Chambres et Salons. — *Situation magnifique sur la hauteur,* à proximité des Bains. — Grand jardin. — **Ascenseur.** — Omnibus aux Bain et Casinos.

G. ROSSIGNOLI, propriétaire.

HOTEL DAMESIN & CONTINENTAL

Établissement de premier ordre, près de la Gare, du Casino, de l'Établissement thermal et du jardin public. — Vue splendide, grand jardin. — Salon, piano.—*English and American travellers will receive particular care. — Moderate terms.* — Saison d'hiver : Même hôtel à San-Remo (Italie) en plein midi. — **Table d'hôte et particulière.** — *American proprietors.*

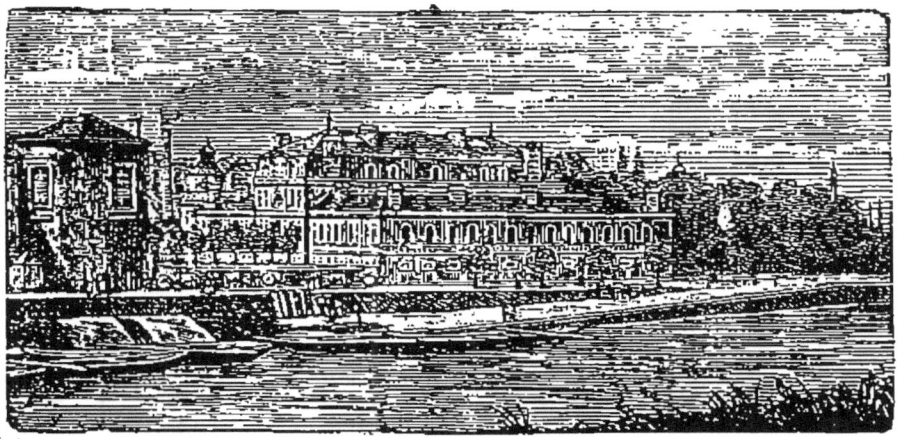

HYÈRES-LES-PALMIERS
(VAR)

STATION D'HIVER

La Place des Palmiers à Hyères

Hyères est la plus ancienne station hivernale de la Méditerranée. Si le caprice ou la mode lui ont créé des rivales heureuses, cette ville n'en reste pas moins la première entre toutes pour les malades.

Située à quatre kilomètres du bord de la mer, et orientée au S.-S.-E., elle s'inonde des tièdes rayons du soleil pendant l'hiver, tandis que la verte chaîne des collines des Maures la protège contre le N.-O.

L'air d'Hyères est très pur et enrichi des aromes balsamiques des montagnes qui l'abritent. Son faible éloignement de la mer lui en laisse la vue, et spécialement celle de la rade vaste et animée, dite d'Hyères, et des riantes îles du même nom, qui la closent de toutes parts. Cet éloignement procure à Hyères un air plus doux, moins variable et moins excitant que celui des autres stations du littoral.

Le chemin de fer de Toulon à Hyères, qui va être continué sur le littoral, et qui correspond avec tous les trains express et directs de la grande ligne de Marseille en l'Italie, a une station en cette ville, qui se trouve ainsi à deux heures de Marseille.

Hyères, qui vient de contracter un emprunt de quinze cent mille francs pour créer des embellissements en faveur de ses hôtes d'hiver, possède des hôtels de premier ordre, souvent habités par des souverains, de nombreuses villas, un grand nombre de maisons garnies et de vastes boulevards éclairés à la lumière électrique.

Hyères possède également une salle de spectacle desservie par la troupe du grand Théâtre de Toulon et une musique municipale qui donne de nombreux concerts; plusieurs jardins publics, dont un est la succursale du Jardin d'acclimatation du bois de Boulogne et a une superficie de 6 hectares, sont ouverts aux étrangers. Un splendide **Casino** sera inauguré en 1886 dans le magnifique *jardin Farnoux*, récemment acquis par la Société.

Ses environs offrent les promenades les plus variées, et la plus belle végétation indigène et exotique. Ses orangers et ses dattiers n'ont pas de rivaux sur le littoral.

Type A. — 3.

NARBONNE (AUDE)

MAISON G^EL GERBAUD, FONDÉE EN 1862

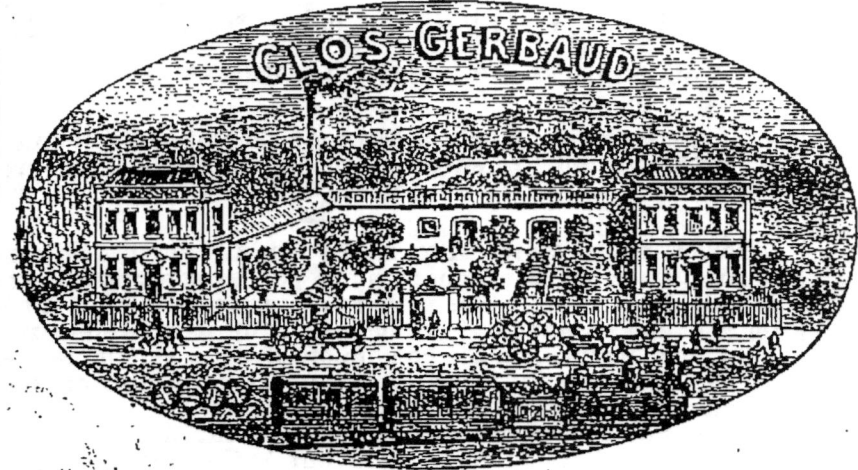

AU PAYS DU SOLEIL

Quand on a trois heures à passer dans une ville que l'on ne connaît pas, que faire, sinon de visiter cette ville ?

Juste en face de la gare s'élèvent les immenses constructions de la maison *Gerbaud*, véritable ruche où l'on travaille du lever au coucher du soleil, et qui, sur les 8,000 mètres de terrain qu'elle occupe, emploie un nombre considérable d'ouvriers.

Ce qui frappera le plus le visiteur, c'est d'abord l'étonnante collection de 35 *foudres*, qui laissent loin derrière eux le fameux tonneau de Heidelberg, et dont chacun a une contenance de 450 à 500 *hectol.* Quant aux petits foudres qui sont déjà des fûts énormes, il est impossible de les compter.

On se perdrait dans les caves. Il y a là — aussi bien que dans la cour, à l'ombre de magnifiques platanes — des montagnes de tonneaux. On se dit involontairement qu'il y a là de quoi griser toute la France !

Ajoutons que ce serait avec des vins exquis qu'on la griserait !

Il y a là le *Clos Gerbaud*, le meilleur vin de consommation courante que nous connaissions ; des *Banyuls*, des *Malaga* exquis pour les personnes qui veulent faire leur quinquina elles-mêmes ; du *Grenache vieux doré*, qui est véritablement du soleil en bouteilles ; de l'*amer Gerbaud* le meilleur et le plus tonique des apéritifs, etc., etc.

M. Gerbaud, qui reçoit très gracieusement les visiteurs, peut faire voir son domaine de *Romillac* qui produit des *Clos Gerbaud* supérieurs et d'où l'on jouit d'une vue splendide.

**Envoi franco du Catalogue des prix à toute
demande affranchie.**

(Station d'Hiver) **PAU** (Station d'Hiver)

SAISON DU 1ᵉʳ OCTOBRE A FIN MAI

Pau est situé au pied des Pyrénées. Sa position topographique, à l'extrémité d'un plateau entouré de coteaux élevés qui le protègent contre les vents, a fait déjà la réputation de cette ville comme station d'hiver. **Excellente contre les maladies de gorge et de poitrine,** elle est à **proximité des grandes stations thermales des Pyrénées.** La colonie étrangère qui la fréquente depuis 30 ans en a fait sa ville de sport de prédilection. — Courses de chevaux, polo, chasse au renard, tir au pigeons. Casino, Théâtre, Skatings. — Eglises et temples pour tous les cultes. — Consuls. — Hôtels, boardings-houses, maisons, villas. appartements à prix modérés très confortables. — Renseignements GRATUITS au bureau de l'**Union syndicale, 7, rue des Cordeliers, Pau.**

PÉRIGUEUX

GRAND HOTEL DE FRANCE

House of first order, newly decorated, very confortable; the best and most central situation. — Private rooms and apartments for families —**Truffled pies and preserved truffles.**—*Expedition to foreing countries.*

Maison de premier ordre, très confortable. — Situation centrale. — *Pâtés du Périgord, Commerce de truffes.*—*Volailles truffées et truffes conservées.* — Expéditions à l'étranger. — **Omnibus à la gare.** —
F. GROJA. C. BUIS, successeur.

POITIERS

GRAND HOTEL DU PALAIS

LE PLUS PRÈS DE LA FACULTÉ ET DU PALAIS DE JUSTICE

RECOMMANDÉ AUX FAMILLES

Omnibus de l'hôtel à tous les trains.

A. GUERLIN, propriétaire.

ÉTABLISSEMENT THERMAL
D'URIAGE
(ISÈRE)
EAUX SULFUREUSES ET SALINES PURGATIVES
Saison du 15 Mai au 15 Octobre
Stations de Grenoble et de Gières. — Service spécial de voitures, à tous les trains.

Vue de l'établissement Thermal d'Uriage.

Fortifiantes et **dépuratives**, ces eaux conviennent surtout aux *personnes délicates* et aux *enfants faibles, même scrofuleux*.

Leur efficacité est démontrée contre les *maladies cutanées*, le *rhumatisme* et la *syphilis*.

BAINS, DOUCHES, PULVÉRISATION, INHALATION, HYDROTHÉRAPIE, etc. — Hôtels confortables. — Appartements pour familles. — Villas et Chalets. — Télégraphe toute l'année. — **CASINO.** — Musique dans le parc.

L'eau d'Uriage est employée avec avantage à domicile, en boisson, lotions et pulvérisation.

Type **A.** — 3⁺.

VICHY

GRAND HOTEL DU PARC

En face du Parc, du Casino et de l'Etablissement thermal
GERMOT, propriétaire
Vastes remises et écuries installées avec tout le confort moderne
PAVILLONS SÉPARÉS POUR FAMILLES
Voitures de promenade et Omnibus à la gare.

GRAND HOTEL DES AMBASSADEURS

En face du Casino et du Kiosque de la Musique. — **ROUBEAU-PLACE**, propriétaire. — The HOTEL DES AMBASSADEURS is frequented by the nobility and gentry of England. The HOTEL is the largest and the best situated in Vichy. — 200 chambres, 20 salons de famille, de 10 fr. à 50 fr. par jour. Salle à manger de 200 couverts. Salon de fête pour 500 personnes. Salon-Fumoir, Billard, etc. Interprètes.— Omnibus et voitures de famille.— Les prix varient suivant les étages de 12 à 20 fr. par jour, y compris la chambre et la table d'hôte, à 10 h. et 5 h. 1|2.

GRAND-HOTEL

Situé sur le Parc, en face le Casino et le nouveau Kiosque de la musique, au centre des Sources et des Bains. Hôtel de premier ordre, fréquenté par l'élite de la société qui visite nos thermes. Recommandé par sa position exceptionnelle, son bon service et son excellente table d'hôte. Salons, Fumoirs, Salles de jeux, etc. — Grands et petits appartements pour familles. Magnifiques salles de restaurant pour service particulier et à la carte. Journaux français et étrangers. — Interprètes parlant plusieurs langues.— Voitures et Omnibus de l'hôtel à tous les trains. — **BONNET**, propriétaire.

GRAND HOTEL MOMBRUN ET DU CASINO

SUR LE PARC

En face les sources, les Établissements thermaux, le Casino, le Kiosque des concerts du jour, et rue de Nismes, en face l'église Saint-Louis. — Cet hôtel, tenu par M. GIBOIN-MOMBRUN, propriétaire, se recommande par sa position exceptionnelle, et principalement par les agrandissements considérables qui ont été faits, ainsi que par le luxe et le confortable de son ameublement complètement renouvelé. Grands et petits appartements particuliers avec salons. —Pavillons complètement isolés pour familles. — Table d'hôte. Service particulier. — Interprètes parlant plusieurs langues.

Omnibus et Voitures de l'hôtel à tous les trains.

BRUXELLES

(HAUTE VILLE ET PARC)

HOTEL DE BELLEVUE
HOTEL DE FLANDRE

**En face du Parc, entre la place des Palais,
la rue Royale et la place Royale.**

PROPRIÉTAIRE :

ÉDOUARD DREMEL.

BERNE

HOTEL BERNERHOF

ÉTABLISSEMENT DE PREMIER ORDRE

RENOMMÉE EUROPÉENNE

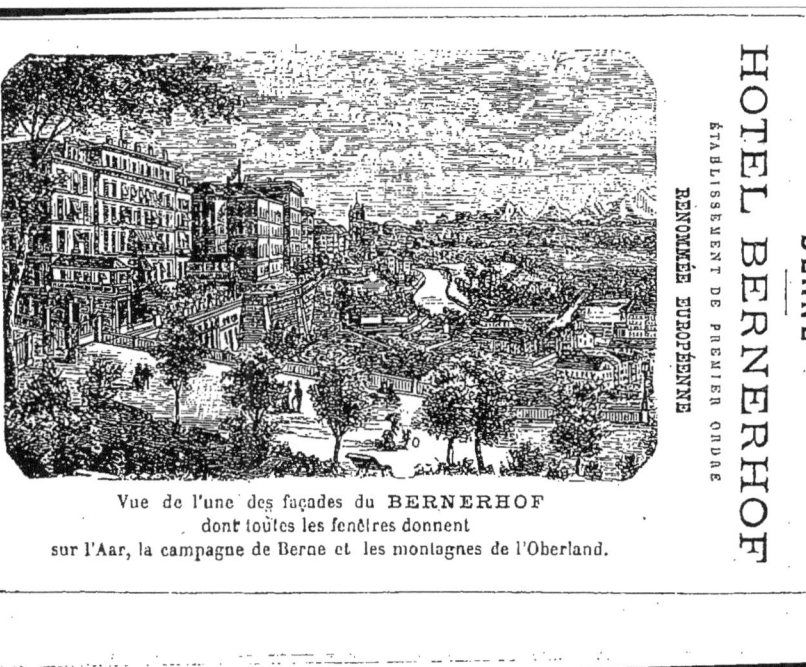

Vue de l'une des façades du BERNERHOF
dont toutes les fenêtres donnent
sur l'Aar, la campagne de Berne et les montagnes de l'Oberland.

J. KRAFT, propriétaire

Succursales du BERNERHOF, de Berne

HOTEL DE NICE	GRAND HOTEL DE TURIN	GRAND HOTEL D'ITALIE
à Nice	à Turin	à Florence
Cl. KRAFT.	Cl. KRAFT.	E. KRAFT.

V. — Supplément.

Institution Sainte-Barbe pour jeunes gens.

Spécialités pharmaceutiques.

Curaçao d'Amsterdam. — Chocolat Menier.

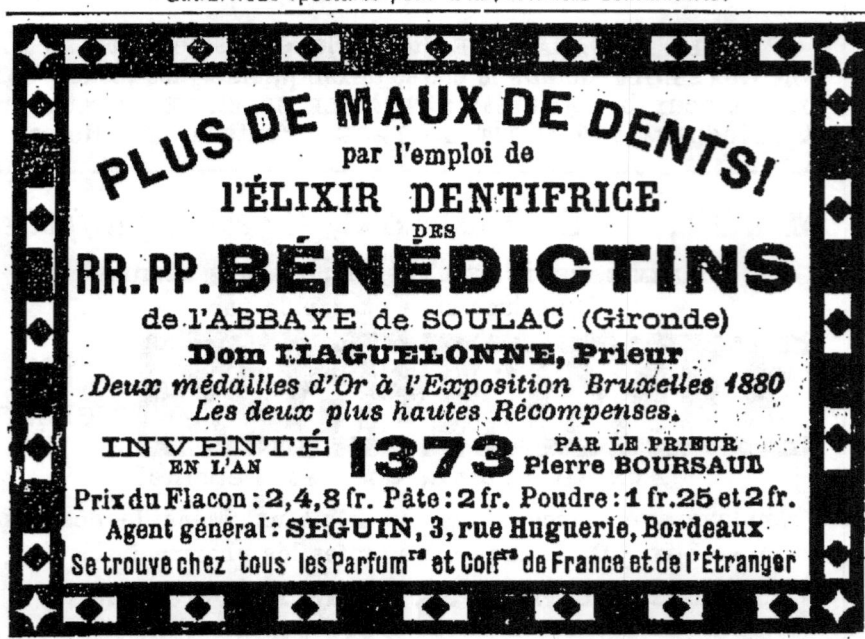

GRAND PRIX, PARIS 1878

Diplôme d'honneur, Amsterdam 1883

CHOCOLAT MENIER

Éviter les similitudes de nom.

IS

ère
ai-
es.
nu
été
es
les
es-
ur
le,
te,
e-

nt
ne
in

www.ingramcontent.com/pod-product-compliance
Lightning Source LLC
Chambersburg PA
CBHW070210030726
47505CB00006B/1632